꿈을 품고 열정을 불태우는 그대에게 선물합니다.

_______________________________ 님께

_______________________________ 드림

쫄지마 중학생

쫄지마 중학생

2012년 7월 25일 초판 1쇄 발행
2016년 2월 15일 초판 16쇄 발행

지은이   윤문원
펴낸이   옥남조

펴낸곳   씽크파워
출판등록 2005년 10월 21일 제393-2005-15호
주소   서울특별시 동작구 현충로 22길 44-6, 201호
전화   02-817-8046
팩스   02-817-8047
이메일   mwyoon21@hanmail.net

ISBN   978-89-957385-6-6 (03810)

• 잘못된 책은 바꿔드립니다.
• 책값은 뒤표지에 있습니다.

씽크파워
THINK POWER

쫄지마 중학생

윤문원 지음

씽크파워
THINK POWER

중학시절이 인생을 결정한다

내가 이 책을 쓰게 된 동기는 심각한 학교폭력 사태로 꽃다운 나이인 청소년들의 연이은 자살을 목도하면서, 이들이 꿈을 품고 열정을 불태우고 있었다면 그런 일은 발생하지 않았을 것이라는 안타까움에서이다.

나라의 미래 주인공인 중학생이 방황하고 우울해하면 자신과 가정과 사회와 국가가 우울해지고 불행해진다. 이런 불행한 사태가 야기되는 것은 자신의 나약한 심성과, 꿈과 희망을 제시하지 못하는 교육제도와 학교의 사명감 부족과 부모의 무관심에 기인한다.

누구나 한평생을 살면서 아동기, 청소년기, 청년기, 성년기, 중년기, 노년기를 맞이한다. 중학시절은 청소년기로서 신체적으로나 심리적, 지적인 성장을 하는 데 가장 중요한 시기다. 중학시절(13~15세)을 어떻게 보내느냐에 따라 인생이 결정된다.

질풍노도의 이 시기에 학업에 흥미를 얻거나 혹은 잃기도 하며, 친구나 가족과의 관계에서 갈등 현상을 보이기도 한다. 자신의 장래에 대한 생각을 본격적으로 시작하는 시기이며, 사춘기를 거치면서 때로는 불안해지거나 폭력에 민감해질 수 있다.

중학시절은 여러 가능성을 놓고 어떤 조건에 구애 받지 않고 순수한 마음으로 인생의 목표와 방향을 생각하는 시기이다. 순수한 마음으로 '나는 어떤 인간이 되어야겠다'는 꿈을 꾸어라.

집을 지을 때 기초가 튼튼해야 하듯이 인생이라는 집을 짓는데 있어서 기초공사에 해당하는 중학시절을 단단하고 알차게 다져라. 끊임없이 노력하고 분발하라. 노력이 부족하면 재능이 꽃피지 못한다. 유익한 일에 시간을 쓰고 필요 없는 행동을 하지 마라.

인생을 결정하는 질풍노도의 시기를 통과하고 있는 피 끓는 중학생이여! 인생에서 중학시절은 한 번뿐이다. 바른 뜻을 세워라! 꿈을 가슴에 품고 열정을 불태워라! 현명하게 창의적으로 노력하라! 인생에서 기회와 성과를 창출하라!

꿈에 미쳐라! 그러면 방황할 틈이 없다. 나는 순수한 아름다움을 지닌 중학생에게 꿈과 희망을 심어주고 싶다. 이 책이 중학생들에게 꿈을 키우고 학교폭력을 근절시키는데 조금이라도 도움이 되었으면 하는 간절한 바람을 가지고 있다.

저자 윤문원

제1장

네 꿈에 미쳐라

꿈을 품고 멀리 바라보라

저명인사가 어렸을 때 시골에서 두 친구와 기차가 다니지 않는 버려진 철길 위에서 놀았던 이야기를 했다.

한 친구는 보통 몸집이었고, 또 다른 한 친구는 태어나서 한 끼도 거르지 않은 듯 매우 뚱뚱한 친구였어요.
우리들은 철길 위에서 떨어지지 않고 누가 더 멀리 갈 수 있는지 내기를 하곤 했지요. 나와 보통 몸집인 친구는 얼마 못 가서 떨어지곤 했는데 뚱뚱한 친구는 아무리 걸어도 떨어지지 않았어요. 이런 결과는 번번이 계속되었지요.
나는 몸이 뚱뚱한 친구가 체중 덕으로 떨어지지 않는가도 생각했지만 몸이 둔해 오히려 불리할 것이라는 생각이 들었어요. 매우 약이 올랐지만 호기심이 생겨 그 비결을 물었더니 뚱뚱한 친구가 이렇게 대답하더군요.

"너희 둘은 발밑을 보고 걷기 때문에 그렇게 떨어질 수밖에 없어. 나는 너무 뚱뚱해서 발밑을 볼 수 없기 때문에 먼 앞쪽의 철길을 바라보면서 그곳을 향해 걸었어. 내가 바라본 지점에 가까워지면 또 더 멀리에 있는 또 다른 지점을 정해서 그곳을 향해 계속 걸었지."

나는 이 친구의 말을 가슴에 새기고 바로 눈 아래 보이는 현실에 급급함이 아니라 꿈을 품고 멀리 바라보면서 앞으로 나아갔지요. 그랬더니 지금 이 자리에 오게 되었습니다.

그대가 만약 이와 같은 철길 위에서 발밑을 보고 걸으면 녹과 잡초와 자갈만을 보고 걷게 된다. 철길의 앞쪽을 바라보고 걸으면 도달하고자 하는 지점을 향해 걸을 수 있게 된다. 볼 수 있는 한도까지 걷고 또다시 앞을 바라보고 그 지점까지 걷고 그렇게 하다보면 목적지에 도달할 수 있는 것이다.

한창 나이인 젊은 청소년 시기에 꿈을 품지 않으면 언제 품을 것이냐? 꿈을 품어라. 꿈을 품는 것을 절대로 두려워하지 마라. 꿈을 품는 것은 어느 누구도 간섭하거나 방해할 수 없는 그대만의 세계이다. 부디 그 꿈을 억누르지 말고 크게 품어라.

'코이'라는 비단잉어가 있는데 사는 공간에 따라 크기가 달라진다고 한다. 작은 어항에 넣어두면 5~8센티미터 밖에 자라는데 그치지만 큰 수족관이나 연못에 넣어두면 15~25센티미터까지 자라고 더욱 놀라운 일은 강물에 방류하면 90센티미터~1미터까지 자란다는 것이다.

그대 꿈의 실현도 이 '코이'라는 비단잉어와 같다. 큰 꿈을 품으면 크게 되지만 작은 꿈을 가지면 작은 것 밖에 이루지 못하고 꿈을 품지 않으면 그저 그렇게 살 수밖에 없다.

많은 중학생들이 방황하고 있다. 꿈을 품으면 방황할 틈이 없다. 꿈을 이루기 위해 노력하는데 방황할 시간이 어디에 있겠는가? 그대가 품는 꿈의 넓이에 인생의 크기가 결정된다. 피를 들끓게 하는 큰 꿈을 품고 앞으로 나아가라.

1963년 미국, 16세의 빌 클린턴은 청소년 대표로 뽑혀 워싱턴에 갔다. 각 대표들은 케네디 대통령과 악수를 했다. 클린턴이 대통령이 되겠다는 꿈을 키우기 시작한 것은 케네디와 악수했던 그날부터였으며 또 마틴 루터 킹 목사의 "나에게는 꿈이 있습니다"라는 유명한 연설도 큰 영향을 끼쳤다. 클린턴은 그 내용을 전부 암기했다. 30년이 지난 1993년 클린턴은 미국 대통령에 당선되었다.

〈이티〉〈쥬라기 공원〉〈인디아나 존스〉 중에서 본 영화가 있는가? 이를 연출한 세계적인 영화감독 스티븐 스필버그를 알고 있는가? 그는 자신의 꿈의 실현을 이렇게 말했다.
"나는 12살 때 영화감독이 되기로 마음먹었습니다. 단순히 소망한 게 아니라 호기심과 상상력을 키우는 일에 흥미를 가졌고 이와 관련된 하고 싶은 일을 하면서 내 꿈을 분명하게 그렸더니 영화감독이 되었습니다."

그대는 어떤 꿈을 꿀 준비가 되어 있는가? 무엇을 이루고 싶은가? 자신의 꿈을 적은 '드림 리스트'를 가지고 있는가? 에너지를 어디에 쓰고 싶은가? 앞으로 어떤 직업 어떤 일을 하고 싶은가?
　이것을 결정하기 위해서는 먼저 '그대의 꿈은 무엇인가?'를 결정하는 것이 중요하다. 피 끓는 청소년인 그대는 순수한 아름다움으로 마음껏 꿈꿀 수 있는 특권을 가지고 있다. 인생 전체를 조망하면서 꿈을 품고 앞으로 나아가야 한다. 삶의 목표를 정한 그날부터 진정한 인생의 항해가 시작되는 것이다.

미국의 세계적인 탐험가 존 고다드는 15세 되던 해인 1940년, 노

란 색종이 맨 위쪽에 '나의 인생 목표'라고 제목을 적었다. 그리고 제목 밑에다 127개의 인생 목표들을 적었다. 꿈 많고 상상력 풍부한 엉뚱한 소년의 '꿈의 목록'이었다.

'보이 스카우트 가입' 등 단순한 꿈에서부터 '이집트 나일강 탐험하기', '비행기 조종술 배우기', '브리태니커 백과사전 전권 읽기', '에베레스트 등정' 등 어려운 꿈과 '달 탐험' 등 불가능해 보이는 꿈도 있었다.

존 고다드는 자신이 적은 '꿈의 목록'을 끈기 있게 이루어 나갔다. 1972년 미국《라이프》지는 그를 꿈을 성취한 미국인으로 대서특필했으며, 1980년에는 우주비행사가 되어 달에 갔다. 그의 꿈이 거의 다 실현될 무렵 그는 이렇게 말했다.

"꿈을 이루는 가장 좋은 방법은 목표를 세우고, 그 꿈을 향해 모든 것을 집중하는 것입니다. 꿈을 가지고 있기만 해서는 안 됩니다. 꿈은 머리로 생각하고 가슴으로 느끼는 것에서 출발합니다. 하지만 거기서 머물러서는 안 됩니다. 손으로 적어 발로 뛰어야 꿈이 실현됩니다."

꿈은 작은 기록에서부터 시작된다! 그대가 품은 꿈을 종이 한 장에 적어라. 어떤 조건도 생각하지 말고 뭐든지 될 수 있고, 할 수 있고, 가질 수 있다고 할 때 무엇을 원하는지를 하나하나 적어라. 무엇이 가능한지를 따지지 말고 무엇을 원하는지를 적어라.

끝없이 도전해라

먹이를 찾아 산기슭을 어슬렁거리는

하이에나를 본 일이 있는가?

짐승의 썩은 고기만을 찾아다니는 산기슭의 하이에나

나는 하이에나가 아니라 표범이고 싶다

산정 높이 올라가 굶어서 얼어 죽는 눈 덮인

킬리만자로의 그 표범이고 싶다

조용필이 부른 노래 〈킬리만자로의 표범〉 첫 가사이다. 앞으로
여러 사람 앞에서 노래를 부를 기회가 있을 때 전주가 나오는 첫
부분의 이 가사를 외우면서 부르면 주목을 받게 될 것이다. 이 가

사는 어니스트 헤밍웨이의 소설 《킬리만자로의 눈》의 유명한 다음
과 같은 서두를 소재로 한 것이다

킬리만자로는 높이 19,710피트, 눈에 뒤덮인 산으로 아프리카 대
륙의 최고봉이다. 이 봉우리에는 말라 얼어붙은 한 마리의 표범
시체가 놓여 있다. 도대체 그 높은 곳에서 표범은 무엇을 하고 있
었는지 설명해 주는 사람은 한 사람도 없다.

물론 소설이기는 하지만 표범이 산기슭에서 먹이를 구할 수 있는
데도 왜 힘들게 눈으로만 덮인 산봉우리까지 가서 먹이를 구하려
했을까?
여기에 도전하면서 자신의 꿈을 끈덕지게 추구해야하는 인생의
교훈이 있다.

1952년에 에드먼드 힐러리는 세계 최고봉인 에베레스트 정복에
도전했지만 실패했다. 얼마 뒤 그는 강연에서 앞으로 걸어 나와
서 주먹을 들어 벽에 걸린 에베레스트 사진을 향해 큰소리로 외
쳤다.
"에베레스트여, 처음에 네가 날 이겼다. 하지만 다음번에는 내가
널 이기겠다. 왜냐하면 너는 산으로 그대로 있지만 난 계속해서

바람직한 도전을 할 기회가 눈앞에 나타나면

그 기회를 받아들이고 모험을 떠나라.

그 과정에서 일어나는 모든 것들을 즐기고 받아들여라.

등산 기량이 발전하기 때문이다!"

불과 한 해 뒤인 5월 29일에 에드먼드 힐러리는 에베레스트 최초 등반자로 역사 속에 기록되었다.

그대는 지금까지 크고 작은 도전을 해왔고 앞으로 나이가 들수록 더 많은 도전과제가 앞에 놓이게 될 것이다.

인생은 일종의 모험이다. 모험이란 도전을 통해 즐거움을 얻고, 무언가를 배우고, 세상을 탐험하는 것이다. 각각의 모험은 즐거움을 얻을 수 있는 기회, 무언가를 배울 수 있는 기회, 세상에 대한 시야를 넓히는 기회를 맞이한다. 그리고 종국에는 성공의 열쇠를 거머쥐게 된다. 도전을 두려워하면서 피하는 것은 자신의 껍질 속에 스스로 갇혀 있겠다는 것을 의미하며 성공을 포기하겠다는 의미이다.

바람직한 도전을 할 기회가 눈앞에 나타나면 그 기회를 받아들이고 모험을 떠나라. 그 과정에서 일어나는 모든 것들을 즐기고 받아들여라. 모험을 떠나는 게 두려운가? 하지만 안심하고 떠나라. 그대가 원할 때면 언제든지 모험을 중단하고 그대의 안전지대 속으로 돌아올 수 있으니까 말이다.

삶이 그대에게 도전장을 내밀 때 결코 물러서지 마라. 어차피 응해야 할 도전과제라면 기꺼이 정면으로 승부를 겨뤄라. 그리고 더 큰 응전으로 그것을 끌어안으라.

하지만 도전의 기회가 올 때마다 무조건 달려드는 것도 바람직하지 않다. 그 역시 융통성 없고 경직된 태도이기 때문이다. 정말로 융통성 있는 사람들은 뛰어들 때와 멈출 때가 언제인지 잘 알고 있다.

자긍심으로 무장해라

몽골의 칭기즈 칸은 가진 것이 없었다. 글을 읽고 쓸 줄도 몰랐고 목숨을 부지하기 힘든 험난한 어린 시절을 보내야 했다. 그가 가진 땅 역시 비옥하지 않았다. 그러나 칭기즈 칸은 그러한 사실을 받아들이면서 "내가 가야 할 길을 막는 사람은 바로 자신'이라고 생각했다. 자기 자신을 믿으면서 세계를 점령하고 지배했다.

칭기즈 칸은 이처럼 어려운 여건에서도 한없는 자긍심으로 20만 명밖에 안 되는 기마군단을 이끌고 나폴레옹, 히틀러, 알렉산더가 정복한 땅을 모두 합친 것보다 더 많은 땅을 다스렸다. 교통과 통신이 원시적일 수밖에 없었던 시절에 유라시아 대륙 절반을 칭기즈 칸 한 사람이 통치했다는 사실은 경이로운 일이다.

그대 스스로 자신에 대한 좋은 점들을 긍정하고 인정해라. 그대 자신이 실력이 있고 예의 바르고 활동적인 사람인 것처럼 시각화해라. 그대 자신의 이미지를 위해 노력해라. 그래서 자긍심을 번쩍번쩍 광나게 닦고 손질하여 강하고 확신에 차게 만들어라. 그대 자신을 좋아하고 나아가 사랑하고 자신의 좋은 친구가 되어라.

한 젊은 청년이 뉴욕에 있는 대기업의 하급직원으로 일하며 오피스텔 생활을 하고 있었다. 그는 자신에 대한 어떤 자긍심도 가지고 있지 않으면서 그저 하루하루 직장생활을 보내고 있었다.

어느 날, 한 노인이 오피스텔 옆방으로 이사해왔다. 노인은 유명한 작가로서 오피스텔에서 집필 활동을 했다. 노인과 젊은이는 자주 방을 오가며 이야기를 나누었다. 세월이 흐르면서 많은 대화를 하는 가운데 하루는 노인이 자신은 사람들의 전생도 알고 있고 미래도 점칠 수 있다고 말했다. 그러면서 젊은이에게 "나는 자네의 전생을 봤어. 자네의 전생은 나폴레옹 보나파르트야" 하고 말했다.

나폴레옹이 누구인가! 젊은이는 한편으로는 으쓱해지고 흥미가 일기도 했지만, 노인의 말을 믿지는 않았다.

몇 주가 지나가는 동안 노인은 젊은이에게 그의 전생이었던 나폴레옹에 관해 계속해서 상세하게 말해 주었다. 결국에는 노인의 확신에 찬 이야기로 인해 젊은이는 자신이 전생에 나폴레옹이었다는 사실을 점차 믿게 되었다.

그 이후로 젊은이는 나폴레옹에 관한 많은 책을 섭렵하면서 자신에게 있어 나폴레옹과 비슷한 자질을 찾기 시작했다. 그러면서 자신의 내면에 나폴레옹의 특질이 있음을 인식하게 되었다.

그리고 그가 자신이 가지고 있는 지도자적인 자질을 발휘하기 시작했다. 그는 자발적으로 일했고, 항상 남보다 더 많은 일을 도맡아 했으며 시간을 쪼개어 자신의 역량을 키우는 공부를 했다. 회사에서 주도적으로 문제를 해결했고 올바른 의사 결정과 효율적으로 일을 처리했다. 그는 자신감과 용기를 가지고 어떤 상황에서든 조금도 움츠러들지 않았다.

회사에서는 그에게 나타나는 변화를 느끼고 중요한 업무를 맡겼고 훌륭하게 해내었다. 얼마 지나지 않아 그는 높은 보수를 받게 되었으며 계속해서 승진을 했다. 몇 년 후 그는 소극적이고 수동적인 회사원에서 유능한 경영자로 탈바꿈했다.

인생에서 가장 중요한 대상은 바로 '자기 자신'이다. 그러므로 자기 자신에 대한 사랑은 매우 중요하다. 자기사랑은 자신에 대한 믿음과 자기긍정, 자기존중, 책임감을 포함한다. 스스로 자신에게 힘을 주고, 인정하고, 사랑하는 자긍심으로 무장해라.

만약 그대가 자신을 사랑하지 않는다면 어떻게 남을 사랑할 수 있으며 남들이 그대를 인정하겠는가? 그대가 자신을 비하시키는 한 앞으로 나아갈 수 없다. 그대를 앞으로 나아가게 하는 힘은 자긍심이기 때문이다.

자신을 사랑하지 않고 자신을 인정하지 않고 자신감이 없는데 좋은 결과가 나올 리 없다. 무슨 일이든지 자신을 사랑하는 자긍심이 중요하다. 다른 일은 운이나 돈이 필요하지만 공부는 오직 자신과의 싸움이며 자신을 믿고 자신의 노력 여하에 따라 결과가 나온다. 그러므로 공부에서는 특히 자긍심이 중요하다.

"나는 할 수 있고, 잘 하고 있다"며 스스로를 격려하고 인정하고 사랑해라.

다음은 스스로를 칭찬하는 말들이다. 자신의 상황에 맞는 것을 선택해서 활용한다면 좋은 효과를 볼 수 있을 것이다.

- 나 자신은 모든 면에서 좋아지고 있다.
- 나 자신이 점점 더 발전하고 있다.
- 내가 원하는 것이 내 손에 들어오고 있다.
- 나는 지혜롭고 능력이 있는 사람이다.
- 나는 친구들과 좋은 인간관계를 맺고 있다.
- 나는 내가 하는 일에 최선을 다하고 있다.

- 나는 나 자신을 사랑한다.
- 나는 행복을 느끼고 있다.

자신감을 가지라

에베레스트 등반 대원들이 심리검사를 받게 되었다.

"그대는 정상까지 오를 것 같습니까?"

어떤 이는 "물론, 그렇게 되기를 바랍니다", 어떤 이는 "최선을 다하겠습니다"라고 대답했다. 그런데 등반 대원 중 한 청년만은 확신에 찬 대답을 했다.

"네, 저는 분명히 정상까지 올라가겠습니다."

이 청년이 1963년 5월1일 미국인으로서 최초로 에베레스트 정상 정복에 성공한 짐 휘타커이다.

'자신의 능력에 대해 확신을 갖는 것'이 바로 자신감이다. 자신감은 그대를 용기 있게 만들어줄 뿐만 아니라 주위 사람들에게도 용기를 심어준다. 물론 아무런 준비도 없는 상태에서 자신감이 형성되는 것은 아니다. 철저히 준비하고 계획한 사람이라야 당당하게 자신감을 드러낼 수 있다.

그대 자신을 능력 있는 사람으로 가꾸어 나가야 한다. 자신감이 있는 사람과 없는 사람의 차이는 인생에서 성공과 실패로 귀결된다. 자신감을 갖지 못한 사람이 성공한 예는 극히 찾아보기 힘들다.

많은 사람들이 결코 새로운 일을 시도해 보려 하지 않는 이유 중의 하나는 실패에 대한 두려움 때문이다. 직접 경험하거나 실천을 해야 비로소 자신감을 가질 수 있다. 열심히 노력했다면 반드시 자신감이 생긴다. 별다른 노력도, 경험도 없다면 자신감이 없는 것이 지극히 당연한 일이다.

가능하다면 먼저 그대가 할 수 있다고 확신하는 일부터 모험을 시작해봐라. 그 다음 어떤 것을 처음으로 이루었을 경우, 곧 거기에서 다른 영역으로 확산 이동해라.

큰 성공이 아니라도 좋다. 작은 성공이 필요하다. 작은 성공을 거두어 나가면 자신에 대한 믿음이 강화되고 경험이 축척되어 큰일도 해낼 수 있다. 그래서 하루라는 단위의 일과를 소홀히 하지 말고 목적의식을 가지고 임해야 한다. 매일 '영어 단어 20개 외우기', '3,000보 걷기' 등 일상의 작은 부분에서의 실천 경험이 자신감의 시초가 될 수 있다.

그대가 해낼 수 있는 일부터 순서대로 시작하고, 일단 성공하면 다음 단계로, 그리고 또 다음 단계로 이동해라. 그 과정에서 각 단계로 뛰어넘을 때마다 자신감이 생길 것이다.

학생인 그대는 공부에 자신감을 가지고 있는가? 지난 성적에 얽매여 전전긍긍하면서 공부에 자신감을 잃어버리고 있는 것은 아닌가?

만약 그렇다면 그것은 부정적인 행동과 감정이 반복되는 결과로 볼 수 있다. 성적이 잘 안 나오니까 기분이 나쁘고, 자신감도 떨어지고, 공부하는 시간이 줄어들고, 공부하기 더 싫어지고, 그러다가 공부를 포기하는 마음이 생기고, 그러니까 성적은 더 떨어지는 현상이 발생하는 것이다.

만약 이런 처지에 놓여있다면 이와 같은 행동과 생각을 되풀이하지 말아야 한다. 우선 행동을 변화시키거나 감정을 변화시켜야 한다. 행동적인 측면으로 공부를 계획에 맞춰 자신에 맞는 속도로 시작해라. 감정적으로는 그 동안 실패 경험에서 비롯된 자신감의 부족이나 불안감을 없애라. 항상 "할 수 있다"라고 말하면서 자신감을 가지라.

용기를 가지고 전진해라

드라마 〈쿵후〉에 이런 장면이 있다.

어린 메뚜기는 이제 막 절에 들어온 행자승려이다. 그의 스승인
노스님은 장님이었다. 어느 날 스승은 어린 메뚜기를 데리고 실내
연못이 있는 방으로 갔다. 폭이 6미터쯤 되는 실내 연못 위에는
좁다란 널빤지 다리가 가로놓여 있었다. 스승은 어린 메뚜기에게
말했다.

"연못의 물은 그냥 물이 아니라 독성이 강한 염산이다. 넌 이 나
무 널빤지 위를 걸어서 염산의 연못을 건너갈 수 있어야 한다. 앞
으로 일주일 후에 너를 테스트할 것이다. 조심해라. 저 연못 밑바

닥 여기저기에 널려 있는 뼈들이 보이는가?”

어린 메뚜기는 조심스럽게 다가가 널빤지 가장자리 너머를 내려다보았다. 그곳에 수많은 뼈들이 흩어져 있었다. 스승이 말했다.

“저들도 한때는 너처럼 젊은 행자승려들이었다.”

어린 메뚜기는 그 후 일주일 동안 모든 일에서 제외되어, 오로지 그 널빤지 위를 걷는 연습만 했다. 어려운 일이 아니었다. 사나흘 만에 어린 메뚜기는 눈을 가리고서도 완벽한 균형을 이루며 마당의 널빤지 위를 가로지를 수 있었다.

마침내 시험 날이 다가왔다. 스승은 어린 메뚜기를 데리고 실내 연못으로 갔다. 빠져 죽은 행자승들의 뼈가 연못 밑바닥에서 하얗게 반짝이고 있었다. 어린 메뚜기는 널빤지 끄트머리에 올라서서 스승을 바라보았다. 스승이 말했다.

“자, 걸어가라.”

어린 메뚜기는 걷기 시작했다. 앞으로 나아가는 발걸음이 왠지 불안정하고 흔들리기 시작했다. 아직 절반도 건너지 않았는데 심하게 다리가 후들거렸다. 연못으로 빠질 것처럼 위태로워 보였다. 그의 발걸음이 점점 불안해지는 것을 볼 수 있었다. 그러다가 몸이 휘청하더니 그대로 연못으로 떨어지고 말았다.

연못 속에서 허우적거리는 어린 메뚜기를 바라보면서 늙은 스승은 웃음을 터뜨렸다. 그것은 염산이 아니라 그냥 물이었던 것이다. 물 밑바닥에 흩어져 있는 뼈들은 특수 효과를 위해 미리 던져

넣은 것이었다. 어린 메뚜기는 감쪽같이 속고 말았다. 스승이 진지하게 물었다.

"무엇이 너를 연못 속에 빠뜨렸는가? 두려움이 너를 빠뜨린 것이다. 단지 두려움이!"

✿

두려움은 모든 사람이 가지고 있다. 용기는 두려움을 떨치고 한 번 해보자는 마음으로 도전하는 것이다. 무엇보다 해내겠다는 의지가 중요하다.

용감한 사람과 겁쟁이의 차이는 간단하다. 용감한 사람은 두려움을 이기고 행동하는 사람이고 겁쟁이는 두려움 때문에 행동에 나서지 못하는 사람이다.

용감한 사람은 두려움을 느끼면 정면으로 맞선다. 뭔가 자신을 두렵게 하는 것과 맞서고 돌진하면 두려움은 사라진다.

어떤 일을 시도하고자 할 때 용기를 발휘하지 못하는 으뜸 요인은 실패에 대한 두려움이다. "난 안 될 것 같아" 하고 생각하면서 각종 이유를 떠올린다.

"적응할 수가 없어." "내 능력에는 부치는 일이야." "난 그 일을 할 만큼 창조력이 없어." "집안 형편이 좋지 않아." "내 실력 가지곤 안 되지."

목표를 이루기 위해 필요한 노력을 애초부터 기울이지 않고 왜

용감한 사람과 겁쟁이의 차이는 간단하다.

용감한 사람은 두려움을 이기고 행동하는 사람이고

겁쟁이는 두려움 때문에 행동에 나서지 못하는 사람이다.

목표를 달성할 수 없는지 생각해 내기에 바쁘다. 이것은 자기 스스로를 비하시키는 것이다.

용기 있게 맞선다고 해서 성공이 보장되는 건 아니지만 두려움에 굴복한다면 어떤 일도 이룰 수 없다. 실패를 두려워해서는 안 된다. 두려움을 떨쳐버리고 용기를 길러라.

그대, 때로는 돈키호테처럼 저돌적으로 돌진하라.

열정의 불꽃을 당겨라

그대는 어떤 것에 미쳐있는가?´

정신분석학자 프로이트가 30세였을 때 일이다. 프로이트는 제약 회사로부터 '코카인'을 구해서 생리 작용 실험에 몰두하고 있었다. 그 무렵 그에게는 약혼자가 있어 한 달에 한 번씩 비엔나에서 만나곤 했다.

그러던 어느 날 그는 '코카인'이 국소 마비 작용이 있음을 발견하고, 외과 수술에 사용되면 환자의 고통을 덜어줄 수가 있겠다는 아이디어가 떠올라 그 연구에 미쳐버렸다. 연구가 일단락되어 문득 약혼자와의 데이트 시간을 생각해 보니 벌써 2년의 세월이 흘러간 뒤였다. 그런데도 비엔나에 달려갔으나 애인이 기다리고 있을 리가 없었다.

피카소는 그림에 미쳤기에 세계 최고의 화가가 될 수 있었고 빌 게이츠는 컴퓨터에 미쳤기에 세계 최고의 부자가 되었다. 어떤 위대한 것도 열정 없이는 이루어지지 않았다.

세상 모든 성공의 이유는 그리 멀리 있지 않다. 어떤 일에 미쳐 있을 때 그대의 손을 번쩍 들어줄 것이다. 미친 열정만이 세상에서 최고가 될 수 있다.

열정이란 '목표를 향해 육체적·정신적으로 열과 성을 다하는 것'이다. 열정은 하는 일에 큰 즐거움을 느끼고 그 일에서 어떤 목표를 이루어야겠다는 각오가 섰을 때 분출한다.

그대가 무슨 일을 하든, 그 일을 할 때에는 그 일에 미쳐라. 이런 자세로 매사에 임해야 성공을 이루어 삶이 행복해진다. 피 끓는 그대여, 열정의 강도를 높여라.

열정을 유지하기란 힘든 일이다. 운동을 처음 시작하면 얼마 동안은 온몸이 쑤시고 힘들지만 그 고비만 넘기면 의식적인 노력 없이도 자연스럽게 받아들여지게 된다. 이처럼 열정도 몸에 배면 자연스럽게 불태우게 된다.

변함없는 열정은 스트레스와 달리 창조적인 힘을 그대에게 가져다준다. 열정에 의해 창조적인 힘이 절정을 이룰 때, 그대가 하는 일에 엄청난 강도의 에너지가 퍼부어질 것이다. 그대는 성공의 과녁을 향해 날아가는 하나의 화살처럼 느낄 것이다.

열정 없이는 그 어떤 노력도 헛되고 그 어떤 시도도 무의미하다. 열정은 변화의 에너지며 혁신과 창조의 원천이다. 열정적인 사람이 세상을 변화시킨다. 열정은 성공의 심지를 강하게 만드는 힘이다. 성공한 사람은 자신들의 에너지를 마지막 한 방울까지 유용하게 사용한다. 열정적으로 살아라.

지금 피 끓는 청소년인 그대 앞에는 무한한 잠재력으로 무한한 가능성이 펼쳐지고 있지 않은가? 그대는 이 세상에서 '불가능'하다고 생각되던 일이 '가능'으로 바뀌는 모습을 보고 있지 않은가?

인간은 잠재력의 고작 5퍼센트밖에 활용하지 않고 있다. 열정으로 그대의 잠재력을 끌어올려야 한다. 그대의 마음과 감정까지 모두 활용한다면 무엇이든 할 수 있고, 무엇이든 이룰 수 있고, 어디든 갈 수 있다.

그대를 한계에 가두는 생각을 모두 버리고 그대가 가진 잠재력으로 열정의 강도를 높여라.

노력 없이 이루어지는 일은 없다

바이올리니스트 장영주가 콘서트에서 클래식 곡을 완벽하게 연주하거나, 빌 게이츠가 세계적인 갑부가 된 것을 두고 행운 덕분이라고 말하지 않는다. 타이거 우즈가 재능만으로 골프 황제에 올랐다거나, 명장이 손끝에서 하나의 걸작을 만들 때 아무도 그가 타고난 재주만 가지고 그런 작품을 만든다고 여기지 않는다.

그대는 누군가가 무엇을 최고의 수준으로 해내는 것을 볼 때, 달인의 솜씨라고 찬탄할 것이다. 그들이 그렇게 되기까지 몇 년, 심지어 몇 십 년씩의 힘든 준비 과정과 정밀한 연습이 필요했다는 사실을 알아야 한다.

모든 탁월한 업적은 노력의 결과로 이루어진 것이다. 모든 위대한 업적은 거의 눈에 띄지 않는 수천, 수만 시간 동안의 힘겨운 노력, 준비, 연구, 연습의 결과물이다.

그대는 노력도 하지 않고 성과를 내기를 바라거나, 자신이 이루고자 하는 목표를 요령을 부려 손쉽고 빠르게 이루려고 하지는 않는가?

학생인 그대, "학문에는 왕도가 없다"는 말처럼 성적 향상에는 노력 외에 별다른 방법이 없다. 성적은 늘 바닥인 학생이 있다. 공부를 게을리 해서 성적이 하위권이라면 이는 당연한 결과지만 만약 열심히 공부했는데도 성적이 잘 오르지 않는다면 자신의 학습방법이 효과적인지 한 번쯤 뒤돌아 볼 필요가 있다.

무임승차하려고 하지 말고 노력으로 결과를 얻을 각오를 해라.

1959년 티베트에서 중국의 침략을 피해 여든이 넘은 노인이 히말라야를 넘어 인도에 왔다. 그때 기자들이 놀라서 노인에게 물었다.

"어떻게 그 나이에 그토록 험준한 히말라야를 아무 장비도 없이 맨몸으로 넘어올 수 있었습니까?"

그 노인이 대답했다.

"한 걸음, 한 걸음, 걸어서 왔지요."

피 끓는 젊은 그대여, 너무 급하게 서둘지 마라. 삶은 한 번에 한 걸음씩 걸어가는 여행이다. '천리 길도 한 걸음부터'이듯이 성공도 한 걸음씩 내디디면서 이루어나갈 수밖에 없다. 그 걸음의 보폭이 어느 정도가 되어야 한다든지, 어느 방향으로 가야 한다든지 하는 규칙은 없다. 그것은 그대의 의지나 능력에 달린 것이다.

때로는 목표를 향해 성큼성큼 힘차게 내디딜 수도 있고. 때로는 길이 너무 험해서 기어갈 수밖에 없는 경우도 있다. 하지만 그 한 걸음이 아무리 하찮고 연약하고 대수롭지 않아 보이더라도 절대로 위축되어 멈추거나 뒤로 물러서지는 말아야 한다. 연약한 걸음 하나조차도 그대가 이루고자 하는 거리를 좁히는 원동력이다.

위대한 업적은 갑자기 한꺼번에 오는 것이 아니라, 한 번에 한 방울씩 떨어지는 물방울처럼 서서히 온다. 성공을 이루기 위해 꾸준히 노력해라.

피 끓는 젊은 그대여, 너무 급하게 서둘지 마라.

삶은 한 번에 한 걸음씩 걸어가는 여행이다.

'천리 길도 한 걸음부터'이듯이

성공도 한 걸음씩 내디디면서 이루어나갈 수밖에 없다.

행동하여 실천해라

아모코는 업계 최대의 석유 및 천연가스를 확보하고 있는 대규모 자원 회사다. 다른 자원 회사들과 시추 기술이 비슷한데도 불구하고 아모코는 자원 발굴 실적에서 현저히 앞서 있었다. 기자들이 아모코 사장에게 그 이유를 묻자 사장은 간단히 대답했다.

"우리가 구멍을 많이 뚫거든요."

특별한 것은 아무 것도 없이 더 많이 시추한다는 것이었다. 그 결과 더 많은 석유를 발견하는 것뿐이라는 것이었다.

성공하는 사람은 행동하면서 실천하는 사람이고, 아무 것도 얻지 못하는 사람은 결심만 하고 행동에 나서지 않는 사람이다.

공부도 마찬가지다. "지금부터 공부하겠다"고 해놓고 하지 않고 "내일부터 공부하겠다"고 말하는 것은 "하지 않겠다"는 말과 마찬 가지다. 공부에 대해 백 번 결심만 하면 아무 소용없다. 아무리 좋은 공부 방법을 가지고 있어도 실천하지 않으면 결과가 없을 수밖에 없는 것 아닌가?

결심만 하지 말고 실천해라.

많은 사람들이 "아직은 완벽하게 준비를 못했기 때문에…"라고 둘러대며 행동에 옮기지 않는다. 이런 사람에게 완벽하게 준비하는 순간은 평생 오지 않는다. 완벽하다는 시점에서 시작하려면 언제까지 이룰 수 없게 되고 말 것이다.

성공하는 사람과 성공하지 못하는 사람과의 차이는 바로 '행동력의 차이'다. 성공하는 사람은 행동이 적극적이지만 성공하지 못하는 사람은 소극적이다. 성공하는 사람은 결심을 하고 결심한 대로 행동으로 실천한다. 남이 시키는 대로 하는 수동적인 사람이 아니라 스스로 알아서 하는 능동적인 사람이다.

일단 계획을 세웠다면 행동에 옮기고 실천해라. 실천해보고 개선할 사항이 있으면 개선할 사항을 반영하여 또 다시 행동에 나서면서 실천해라. 이와 같은 습관을 빠르면 빠를수록 몸에 배이게 해야 한다. 사이클을 반복해야 그대의 심성으로 자리 잡으면서 자연스럽게 된다.

그대의 판단을 전적으로 믿어라. 두려워하거나 미심쩍어 하지 말고 자신감과 확신을 가지라. 일단 어떤 목표, 어떤 전략, 어떤 계획을 세웠다면, 실행에 옮기고 밀고 나가라. 최선을 다해 매진해라.

사람이 살아간다는 것은 행동하는 것이다. 행동하지 않는 삶은 삶이 아니다. 목표에 다가갈 수 있도록 매일 조금씩이라도 행동해라. 행동을 하면 할수록 행동하기가 쉬워진다. 더 빨리 행동할수록 꿈이나 목표를 이룰 확률이 높아진다. 목표를 이룬 사람은 과감하게 행동에 나선 행동주의자이다.

성공은 행동주의자의 것이다. 뿌린 대로 거두고, 뿌린 게 없으면 거둘 것도 없다. 행동하면서 실천해야 성과가 나올 것 아닌가? 아무런 행동도 하지 않고 실천도 하지 않았는데 어떤 결과가 나올 리가 없는 것 아닌가?

공상가와 상상가를 구분하는 기준은 '행동' 여부에 달려있다. 아무리 좋은 생각이나 아이디어를 가졌더라도 실천하지 않으면 공상에 그치고 만다. 그런 공상가들은 도처에 널려 있지만, 아무것도 이루지 못한다. 상상하는 사람은 그 상상한 대로 실천에 옮겨서 창의성을 발휘한 결과를 만들어낸다. 지금 우리들이 사용하고 있는 스마트폰이나 페이스북, 트위터 등은 모두가 상상을 실천한 결과이다.

피 끓는 젊은 그대여! 미주알고주알 말을 앞세우지 말고 행동으로 실천해라.

끈기와 인내로 묵묵히 나아가라

사냥꾼들이 서로 반대 방향으로 걸어가고 있는 두 무리의 들소 떼들을 바라보고 있었다. 그 행렬은 길고 넓게 뻗어서 한 무리는 남서쪽으로, 다른 무리는 남동쪽으로 이동하고 있었다.

사냥꾼들은 두 무리의 수많은 들소들이 강 부근에서 만날 것이라고 짐작했다. 그러면서 거기에서 엄청난 혼란이 일어날 것이라고 예상하고 그 광경을 보려고 기다리고 있었던 것이다.

두 무리의 들소들은 서로를 향해 서서히 다가가고 있었다. 그러더니 드디어 두 무리가 강가에서 만났다. 그런데 놀랍게도 사냥꾼들의 예상과 달리 그 어마어마한 두 행렬이 아무런 충돌도 없이 서로의 사이를 지나가기 시작했다. 조금도 길을 벗어나지 않은 채 서로 엇갈려 지나갔다. 혼란이라고는 전혀 찾아볼 수 없었다.

언덕 위의 고지에서 사냥꾼들은 두 무리의 들소가 각자 제 길을 계속 가고 있는 장엄한 모습을 지켜보았다. 강가에 이르자 그 어마어마한 들소들이 물을 마시기 위해 잠깐 멈추었다가 다시 계속 이동을 했다. 해가 질 때까지 두 무리의 들소는 각자 따로따로 여전히 제 길을 가고 있었다.

이처럼 삶의 비결은 들소처럼 묵묵히 끈기 있게 버티면서 제 길을 가는 것이다. 인생에서 최종 승리자는 강한 사람이 아니라 끝까지 버티는 사람이다.

걸음이 느려지는 것 같아도 포기하지 말고 묵묵히 계속 걸어라. 얼마나 남았는지 알 수 없으니, 계속 걷는 그 순간이 목표 지점에서 제일 가깝다. 묵묵히 걷다보면 목표 지점에 도달하는 순간을 맞이하게 될 것이다.

피 끓는 젊은 그대는 빨리 어른이 되어 한달음에 그대가 생각하는 정상에 오르고자 하는 마음은 간절하겠지만 인생의 각 단계에 주어진 일에 한 걸음 한 걸음 묵묵히 정진해야 한다.

지금 성공의 사다리 꼭대기까지 올라가 있는 사람도 단번에 그렇게 된 것이 아니라 처음에는 맨 아래에서 발을 디뎠다. 그리고 한 번에 한 계단씩 착실하게 올라갔다.

그대는 집안 형편이 어렵거나 몸이 불편하거나 어떤 어려운 상황에서도 항상 한 걸음 더 나아갈 수 있도록 최선을 다해야 한다. 그것이 아무리 하찮고, 더디고, 고통스럽더라도, 또 그대가 할 수 있는 것이라고는 그 마지막 한 걸음밖에 남아 있지 않다는 생각이 들지라도 한 걸음 더 나아가라.

여성이 차이코프스키에게 "어디서 영감을 얻습니까?" 하고 물었더니 "매일 아침에 스튜디오로 들어갈 때 영감도 따라 들어옵니다" 하고 대답했다. 헤밍웨이도 창작 활동의 비결에 대해 "매일 정해진 시간에 책상에 앉는 것입니다"라고 말했다. 베토벤, 바흐, 모차르트는 학생이 매일 책상머리에 앉아 공부를 하듯 매일같이 책상 앞에 앉아 작곡을 했다. 위대한 예술가는 영감이 떠오른 뒤에 작곡하는 것이 아니라, 작곡을 하면서 영감을 떠올렸다.

공부는 머리보다 엉덩이로 하는 것이다. 공부할 때는 책상에 끈질기게 앉아서 집요하게 공부해야 한다. 공부 잘하는 것은 책상에 엉덩이를 대고 앉아있는 시간에 비례한다. 그러니 책상에 앉는 습관이 중요하다.

이렇게 책상에 오래 앉아있으려면 공부가 즐거워야 한다. 공부가 고역이고 마지못해 하는 것이라면 오래 앉아 있기가 쉽지 않다. 대부분의 학생들에게 공부하는 것이 즐거울 리 없겠지만 하나하나

피 끓는 젊은 그대는 빨리 어른이 되어 한달음에

그대가 생각하는 정상에 오르고자 하는 마음은 간절하겠지만

인생의 각 단계에 주어진 일에 한 걸음 한 걸음 묵묵히 정진해야 한다.

알고 깨우쳐가는 것을 즐거움으로 여겨야 한다.

한 여성이 기자로 일하다가 불의의 사고로 다리를 크게 다쳐 실직했다. 그녀는 자신의 처지에 대해 원망하거나 낙심하지 않고 글을 쓰기 시작했다. 그녀는 10년 동안 심혈을 기울여 1,037페이지의 대작 소설을 완성했다. 하지만 어느 출판사에서도 출판하려고 하지 않았다. 3년 동안 번번이 퇴짜를 맞으면서 원고는 너덜너덜해졌다.

그러던 어느 날 애틀랜타 지방신문에 '뉴욕 맥밀란출판사 사장 레이슨이 애틀랜타를 방문한다'는 기사가 실렸다. 그녀는 애틀랜타를 방문한 후 기차 편으로 떠나는 레이슨에게 "제가 만든 원고예요. 부탁이니 한 번만 읽어 보세요!"라고 간곡히 부탁하면서 원고 뭉치를 건넸다.

레이슨은 장거리 여행을 하는 동안 무료함을 달래기 위해 원고를 읽기 시작했다. 처음에는 무심코 원고를 읽기 시작했지만, 얼마 지나지 않아 그는 원고에서 눈을 뗄 수 없었다. 그는 곧장 그 원고를 출판했는데, 출판된 책은 하루에 5만 권 이상 팔렸고, 12개 국어로 번역됐으며, 영화로도 제작돼 세계적 화제작이 됐다. 그 책이 바로 마거릿 미첼이 쓴《바람과 함께 사라지다》이다.

인내는 성공의 씨앗을 뿌리 내리게 해준다. 인내는 중도 포기나 우유부단이 있을 수 없다

마음속으로 한계를 없애고 '할 수 있다'고 생각하면 쉬워질 수도 있고 성사될 수도 있다. 중도 포기할 만큼 힘든 상황에서 조금만 더 버텨야한다. 마지막이라고 느껴질 때 인내를 발휘해야 한다.

인내할수록 스스로에 대한 믿음도 커진다. 그대 자신이 그만두지 않고 버티면 반드시 이룰 수 있다는 자신감과 함께 자신의 능력에 대한 믿음이 생긴다. 인내를 가지고 원하는 목표를 향해 계속 노력해라.

실수나 실패에서 배워라

당시 15살의 박태환 선수는 2004년 아테네 올림픽 남자 수영 자유형 400m 예선에 출전했다. 그는 너무나 긴장한 나머지 출발 부저가 울리기도 전에 물에 뛰어들어 바로 실격을 당했다.

그는 그날의 실수를 다시는 반복하지 않기 위해 피나는 훈련을 했다. 그 결과 출발 반응 속도를 예전보다 0.1초 앞당기면서 국내 기록을 갈아치우기 시작했다.

그리고 2005년 동아시아대회에서 금메달, 2006년 아시안게임에서 수영3관왕, 2007년 세계수영선수권대회에서 세계의 시선을 뒤엎고 주 종목인 자유형 400m에서 동양인으로서는 사상 최초로 금메달을 획득했다.

그리고 마침내 2008년 베이징 올림픽에서 남자 수영자유형 400m에서 금메달, 200m에서 은메달을 거머쥠으로써 대한민국 최초로 올림픽 수영 부문에서 금메달을 획득한 선수가 되었다.

실패에서 무언가를 배우고, 같은 실패를 반복하지 않아야 한다. 누구든지 많은 실수를 저지르며 살아간다. 그럴 때 자신의 실수를 인정하는 것이 배움과 교훈을 얻는 첫걸음이다. 그럼에도 불구하고 "이런저런 상황 때문에 실패할 수밖에 없었다"면서 변명을 내세우는 것은 실패에서 아무런 반성을 하지 않는 행위다. 그러니 이런 정신 자세에서 또다시 같은 실수를 저지르게 되는 것이다.

실수나 실패를 하게 되면 먼저 자신의 책임을 인정하고, 철저하게 반성하고, 그 원인을 냉정하게 분석하고, 개선책을 내고, 실천해야 한다. 이런 과정을 거쳐야 같은 실수를 반복하지 않게 되고 발전하게 된다.

그대는 시험에서 틀린 문제를 또 다시 틀리지는 않는가? 같은 실수를 반복하는 것은 주의력 부족으로 스스로 용납할 수 없는 일이다.

그대는 '오답노트'를 작성하고 있는가? 오답노트는 틀린 문제의 이유를 분석하여 다시는 뼈아픈 실수를 반복하지 않기 위해서 작성하는 것이다. 같은 실수를 또다시 반복하지 마라.

1949년 미국 시카고에서 사업을 하던 프랭크 맥나마라는 자신의 주요 고객들을 초청해 뉴욕의 한 고급 레스토랑에서 파티를 열었다. 파티가 끝나고 돈을 지급하려는 순간 사무실에 지갑을 놓고 온 것을 알았다.

음식 값을 지불하지 못한 그는 고객들 앞에서 톡톡히 망신을 당했다. 그는 부인이 와서 음식 값을 지불한 뒤에야 레스토랑을 나올 수 있었다. 맥나마라는 변호사 친구를 찾아가 자신의 경험을 털어놓으며 말했다.

"현금이 없을 때 음식 값을 대신 지불할 수 있는 방법은 없을까?"

두 사람은 장시간의 고민 끝에 친구들 200명을 모아 식사하는 사람들의 모임인 '다이너스클럽(Diner's Club)'을 만들었다. 이 모임의 회원들은 돈을 내지 않고 플라스틱 회원증으로 레스토랑을 이용할 수 있었다. 이것이 바로 세계 최초의 신용카드인 '다이너스 카드(Diners Card)'이다.

'플라스틱 머니', 또는 '제3의 화폐'로 불리는 신용카드는 이렇게 해서 세상에 나왔다. '다이너스 카드'는 이름 그대로 저녁(Dinner)을 먹다가 곤욕을 치른 후에 탄생된 카드다.

이처럼 성공한 사람들은 실수와 실패를 인생의 교훈으로 삼고

그대는 시험에서 틀린 문제를 또 다시 틀리지는 않는가?

같은 실수를 반복하는 것은 주의력 부족으로

스스로 용납할 수 없는 일이다.

거기에서 삶의 지혜를 배우거나 발상의 전환을 통해 새로운 것을 창조한다. 그러나 실패한 사람은 치명적인 실수를 계속 저지른다. 성공한 사람은 실패를 적게 하는 사람이 아니라 실패에서 교훈을 얻고 실패를 줄이는 방법을 찾아내는 사람이다.

그대가 겪게 되는 실수나 실패로부터 지식이나 지혜의 핵심을 얻게 된다면 빠른 속도로 배우고 성장할 수 있다. 실수나 실패의 경험을 통해서 가능한 모든 지혜를 얻어라. 실수나 실패는 그대의 미래를 더욱 성공적으로 만들기 위해 무엇이 필요한가를 알려 주는 고마운 존재로 받아들여라.

변화에 적응해라

그대가 초등학교 다닐 때와 비교하여 세상은 얼마나 변화했는가? 아마도 그 변화 속도는 상상을 초월할 것이다. TV와 스마트폰만 하더라도 수시로 획기적인 기능이 추가된 제품이 나오고 있지 않는가?

이런 변화 속도라면 그대가 사회에 진출할 때의 세상을 상상해 봐라. 이런 변화에 따라가지 못하면 뒤처질 수밖에 없다. 그러므로 변화를 받아들이고 변화에 맞춰 나가야 한다.

세상의 모든 것은 변화한다. 그 변화하는 속도는 가공할 정도로 빠르다. 지금 이 순간도 그대가 보지 못하는 곳, 느끼지 못하는 부분에서 변화는 끊임없이 일어나고 있다.

이제는 기존의 방식 고수가 통하지 않는 세상이다. 끊임없는 변신, 혁신을 요구하는 시대다. 즉, 변화에 민감하게 반응하고 스스로 자신을 혁신시키는 적응력이 필요한 시대가 된 것이다. 오늘은 유용하게 쓰이고 있는 것도 내일이면 쓸모없는 것이 될 수도 있다.

영국의 생물학자인 찰스 다윈이 "결국 살아남는 종은 강인한 종도 아니고, 지적 능력이 뛰어난 종도 아니다. 종국에 살아남는 것은 변화에 가장 잘 대응하는 종이다"라고 말했듯이 급변하는 현대사회를 볼 때 우리 인간에게도 적용될 수 있는 말이다.

위대한 프랑스의 곤충학자 존 헨리 파브르는 앞으로만 가는 벌레를 가지고 재미있는 실험을 했다.

벌레들은 앞에 있는 벌레가 기어가는 대로 자기도 모르게 맹목적으로 따라간다. 파브르는 조심스럽게 화분의 가장자리를 따라 원처럼 벌레들을 배열해 놓았다. 그랬더니 실제로 맨 앞에 놓인 벌레는 완전한 원을 그리면서 맨 마지막 벌레를 따라 돌았다. 그 화분의 중간에다 파브르는 소나무 잎을 놓았다. 그것은 그 벌레들의 음식이었다. 그러나 벌레들은 계속해서 원만 그리며 돌았다. 밤낮없이 돌고 돌다가 1주일이 지나자 결국 굶주림과 탈진으로 죽어버렸다. 6인치도 되지 않는 곳에 풍부한 음식을 둔 채 벌레들은 그대로 굶어 죽었다. 벌레들은 행동과 성취를 제대로 이해하지 못했기 때문이다.

그대도 그 벌레와 같은 타성에 젖은 행동을 할지 모른다. "그건 언제나 그렇게 해 왔다" "친구들도 저렇게 한다." "괜히 새로운 것을 시도했다가 손해만 보는 것 아니냐"면서 평소에 하던 방식대로 타성에 젖어 행동한다면 어떤 발전도 기대할 수 없다.

타성에 젖는 것은 미래를 기대할 수 없게 만든다. 타성에 젖지 말고 새로운 방식을 끊임없이 추구해야 한다. 이것이 피 끓는 젊은 그대의 특질이 되어야 한다.

1943년 성탄절, 세 살 박이 어린 딸이 아버지에게 "왜 지금 바로 찍은 사진을 볼 수 없나요?" 하고 의문을 제기하자 아버지 에드윈 랜드는 무릎을 쳤다. 신제품 아이디어가 떠올랐던 것이다. 역사상 가장 흥미로운 발명품 가운데 하나인 즉석사진기는 이렇게 해서 탄생했다.

최초의 즉석사진기인 미국 폴라로이드의 '모델95'는 4년 후인 1947년 첫 선을 보였다. 셔터를 누른 후 잠시만 기다리면 바로 사진이 인화되어 나오는 '즉시성'에 대중은 열광했다. '모델95'는 발매하자마자 바로 품절되는 대히트를 쳤다. 랜드의 폴라로이드사는 즉석사진기 시장에서 승승장구했다. 소비자들은 '폴라로이드'라는 고유명사를 즉석사진기라는 의미의 보통명사로 사용했다. 랜드 자신은 광학과 전기, 사진 분야에서 500여건의 특허를 취득해 미국발명가전당에 이름을 올렸다. 사업과 발명, 두 분야에서 모두 이름을 날렸다.

그러나 폴라로이드는 1990년대 들어 절체절명의 위기를 맞았다. 즉석사진기 시장 전체를 위협할 만한, 새로운 기술로 무장한 신제품이 등장했다. 찍자마자 바로 화면에서 사진을 확인할 수 있고 자유자재로 편집할 수 있는 디지털카메라였다.

폴라로이드는 뒤늦게 디지털카메라 사업에 뛰어들었다. 하지만 역부족이었다. 2001년 10월 11일 결국 법원에 파산 보호 신청을 해야 하는 지경에 이르렀다. 한때 즉석사진기의 대표 기업으로 성공하였던 폴라로이드는 '디지털 출현'이라는 신기술의 변화를 읽지 못해 결국에는 실패하고 말았다.

인간은 누구나 자신의 생각이나 지금까지 살아오면서 자신에게 익숙해진 행동 방식을 그대로 고수하려는 경향이 강하다. 자신에게 익숙한 방식만 고집하면 발전할 수도 없고 변화에 적응할 수도 없다. 항상 생각을 폭넓게 하고 자신의 생각이 틀릴 수도 있다고 여기면서 창조적인 생각과 행동을 하는 습관을 들여야 한다. 그래야 그대가 앞으로 성장하면서 급속하게 변화하는 사회 물결을 받아들이고 적응하면서 발전할 수 있다.

스티브 잡스처럼 창의성을 키워라

5백 년 전 세계 미술의 중심지였던 이탈리아의 플로렌스에 한 소년이 미술을 공부하러 왔다. 소년은 그림뿐만 아니라 노래와 악기를 다루는데도 남달리 뛰어났다. 이 천재 소년을 보고 사람들은 '플로렌스 제일의 화가'가 될 것이라고 이구동성으로 말했다.

세월은 흘러 소년은 청년으로 자라서 어느 교회 제단의 그림을 그리게 되었다. 사람들의 기대는 대단했다. 그런데 웬일인지 그는 날마다 산이나 바다를 돌아다니며 뭔가 열심히 노트에 기록만 할 뿐 좀처럼 그림을 완성하려고 하지 않았다.

그의 노트에는 이상한 그림들로 가득했다. 사람의 겉모양만이 아닌 근육과 뼈의 생김새, 새가 날고 앉는 모양새, 그밖에 별의별 모양들을 수백 장씩이나 그렸다. 이를 본 사람들은 머리를 갸웃거렸다.

"저 사람은 결국 아무것도 그리지 못하고 말겠구나!"

이처럼 그의 참마음을 아는 사람은 아무도 없었다. 그러나 그는 무엇이든 그릴 대상에 대하여 본질까지를 알기 전에는 절대로 그림을 그리지 않았던 것이다. 그가 수없이 그린 그림 가운데는 오늘날의 헬리콥터에 해당하는 날틀의 설계도와 낙하산, 접이식 사다리, 회전 무대의 설계안, 장갑차 및 탱크, 잠수함의 원형설계도 등으로 가득 차 있었다.

이 청년은 다름 아닌 레오나르도 다 빈치였다. 그는 다양한 분야에 걸쳐 균형을 갖춘 창조적 사고를 한 사람이다. 원근법과 명암대조법을 도입한 걸출한 화가이자 발명가이며 과학자, 군사 기술자였다. 동시에 해부학자로서 인체의 각 부분을 단면으로 그려냈으며, 자궁 속 태아에 대한 전례 없는 연구를 해냈다. 그는 예술적 천재성과 과학적 천재성을 함께 지닌 천재였다.

많은 사람들이 레오나르도 다 빈치의 걸작으로 〈모나리자〉와 〈최후의 만찬〉을 꼽지만 진정한 걸작은 바로 그의 뇌 속의 '창의성'이 발휘된 그의 노트다. 레오나르도 다 빈치의 노트는 입체적으로 메모를 하여 오늘날 그 가치는 천문학적이며 역사상 최고의 천재로 평가 받고 있다.

그대는 스마트폰을 소지하고 있는가? 사용하고 있다면 스마트폰을 사용할 때와 사용하지 않을 때를 비교하면 상상을 초월할 정도로 많은 생활의 편리함과 변화를 가져왔다는 사실을 느끼고 있을 것이다. 이는 생활에 혁명을 가져왔다.

이 스마트폰은 창의성으로 똘똘 무장한 스티브 잡스가 없었다면 이렇게 빨리 출현될 수 없었을지 모른다. 세계적인 IT 천재 스티브 잡스는 세상을 떠났지만 한 사람의 창조성 발휘가 인류 사회에 얼마나 큰 영향을 미치는지 알고 있을 것이다.

현재 우리가 누리고 있는 모든 문명은 상상에 의한 창의성을 발휘하여 이루어낸 값진 열매다. 자동차, 선박, 비행기, 첨단무기, 인공위성 등 대단한 발명들도 처음 그 씨앗은 작은 공상에서 비롯되었다. 그러나 이렇게 작은 공상에서 시작된 것이 상상으로 발전하여 실현됨으로써 인류의 삶을 획기적으로 변화시키고 있는 것 아닌가!

상상만 할 수 있으면 그 상상을 실현하는 것은 가능하다. 어제의 불가능이 오늘의 현실로써 우리들의 눈앞에 출현하고 펼쳐지고 있다.

중학시절에 호기심과 상상력으로 창의성을 키워라. 고상한 것이 아니라도 좋으며, 발명이 아니라 현재 되어 있거나 하고 있는 일을 좀 더 나은 방향으로 바꾸어 보는 것도 창의성이다.

요즈음 중학생들이 각종 발명 대회에서 두각을 나타내고 있는 모습을 본다. 심지어 로봇까지 발명하는 학생이 있다. 고등학교에 가면 대학입시 준비에 짓눌려 창의성을 키우기가 쉽지 않다. 그러므로 중학시절이 창의성을 키우기에 가장 좋은 시기이다.

현대사회는 창의성이 요구되는 시대로 '창의적인 괴짜'가 인재다. 영어나 수학을 조금 더 잘하고 잡다한 지식이 많다고 하여 두각을 나타내는 시대가 아니다. 이런 창의성 분야에는 '학력, 경력 다 필요 없어'다.

그대는 토머스 에디슨이 말한 "천재는 1퍼센트의 영감과 99퍼센트의 노력으로 이루어진다"는 말을 귀가 따가도록 듣고 있을 것이다. 이 말을 하는 사람은 1퍼센트의 '영감'은 대수롭지 않거나 무시하고 99퍼센트의 노력을 강조한다.

하지만 토머스 에디슨은 자신의 82번째 생일에서 자신이 한 말에 덧붙여 "최초의 영감이 좋지 못하면 아무리 노력해도 신통한 결과를 얻지 못한다"고 말했다. 1퍼센트의 영감, 즉 1퍼센트의 창의성이 99퍼센트의 노력을 좌우한다는 말이다. 애초에 창의성이 없거나, 빈약하면 아무리 노력해도 소용이 없게 되는 것이다.

창조적인 발명 하나가 어마어마한 부를 창출한다. 역사에 남을 발명품일 경우도 있지만 꼭 대단한 발명일 필요도 없다. 전 세계인들을 사로잡았던 《해리포터 시리즈》의 작가 조앤 롤링은 어릴 때부터 공상과 상상하는 것을 가장 좋아했다고 한다. 상상하는 일로 전 세계를 사로잡아 명성과 함께 막대한 돈을 벌었다.

창의성은 근육처럼 창조적인 생각을 많이 할수록 더욱더 좋아진다. 호기심과 상상력이 풍부한 중학시절에 창의성을 기르기 위해서는 평소 다음과 같은 생각을 해야 한다.

1

고정관념에서 벗어나라

창의적인 사람이 되려면 사물을 바라볼 때 고정관념을 뛰어넘어 새로운 시각으로 바라보아야 한다. 생각을 고정시키지 말고 생각을 유연하게 해야 한다. 그래야 어떤 생각이 하나 떠오르면 여러 갈래의 생각이 떠오를 것이다. 그 갈래를 다시 여러 갈래로 나누어 생각해야 한다.

세계적인 작곡가이자 바이올리니스트인 비발디가 세상에서 최고의 바이올린으로 알려진 스트라디바리우스로 연주한다는 콘서트홀은 입추의 여지없이 초만원을 이루었다. 이윽고 연주가 시작되었고 청중들은 넋을 잃은 모습으로 아름다운 선율에 도취

되었다.

'역시 악기가 좋으니까 저런 소리가 나는 거야.'

청중들은 누구나 그렇게 생각했다. 그런데 갑자기 연주가 그치고 청중들이 무대 위를 바라보는 순간 비발디는 바이올린을 높이 쳐들었다가 힘껏 내리쳤다. 바이올린은 산산조각이 나고 말았다. 놀란 청중들은 소리를 지르며 일제히 일어났다. 세계적인 명기인 스트라디바리우스를 저렇게 내동댕이치다니, 도저히 있을 수 없는 일이었다. 그때 또 하나의 바이올린을 들고 등장한 사회자가 놀란 청중에게 말했다.

"여러분 놀라지 마십시오. 저것은 스트라디바리우스가 아닙니다. 아무데서나 구할 수 있는 싸구려 바이올린입니다. 비발디 선생은 여러분에게 참된 음악은 악기에 있는 게 아니라는 것을 보여드리려고 한 것입니다."

청중들은 당연히 세계적인 연주가가 최고의 악기를 사용했을 것이라는 고정관념이 여지없이 무너지는 순간이었다.

고정관념을 깨는 방법을 알아보자.

• 선입견을 갖지 말아야 한다. 당연하게 생각해오던 것들을 다르게 볼 수 있어야 한다. 그동안 당연하다고 생각되는 것에 대해 "왜?"라고 의문을 던져라. 정답은 없다고 여기고 연상 작용을 극대

화해 생각해라.

- 평면적으로 생각하지 말고 입체적으로 생각해봐라. 한 가지 일을 생각할 때 거기에서 다시 여러 갈래로 생각해 보는 것이다. 메모도 때로는 마인드 매핑 기법으로 입체적으로 해라.

- 익숙한 것일수록 매너리즘에 젖지 마라. 그렇게 되면 고정관념에 사로잡히게 된다. 낯선 것을 대하게 되면 새로운 것에 대한 호기심과 함께 창조적 상상력이 발휘될 수 있다.

2

호기심을 발동해라

호기심은 발명과 발견의 시작이다. 창의적 인물들은 대다수 타고난 재능을 가졌다기보다는 강렬한 흥미와 호기심의 소유자들이었다. 창조성은 호기심을 가지고 그냥 넘기지 않는 마음가짐에서 비롯된다. 창조성은 어린아이와 같은 순진무구한 질문에서 나온다. 질문하지 않으면 호기심이 죽고 호기심이 죽으면 창의성이 실종된다.

비중의 원리를 발견한 아르키메데스를 알고 있을 것이다. 목욕탕 속에서도 그는 금으로 만든 왕관에 은이 섞여 있는지를 찾아내는 방법을 골똘히 생각하고 있었다. 그러다가 어느 순간 희랍어로 '발견했다' '알았다'는 뜻인 "유레카! 유레카!"를 연발하면서 길거리로 뛰쳐나왔다. 인류 역사가 시작된 이래 수천, 수만, 아니 수억의 사람들이 목욕을 했겠지만 비중의 원리를 발견한 이는 아르키메데스뿐이었다. 아르키메데스가 욕조의 물이 넘치는 것을 보고 "유레카" 하며 소리치고 뛰어나온 것도 호기심으로 무장된 관찰의 결과다.

3

무한한 상상력을 펼쳐라

현대사회는 상상하는 것은 무엇이든 만들 수 있고, 할 수 있다. 발명되거나 창조된 원인은 누군가가 마음속에 상상력을 발휘하여 그림을 그렸기 때문이다. 보이지 않는 차원에 있는 것을 보이는 차원으로 옮겨온 것이다. 이와 같은 상상력의 현실화는 인류 발전의 원동력이 되었다.

생각하지 않고 상상하지 않는 사람은 없다. 상상은 누구나 하는 것이다. 그렇다면 어떻게 상상력의 차별화를 기하고 현실화할 것인가?

- **머릿속에 그 사물을 상상해 그려내는 것이다.** 이는 관찰된 느낌이나 새로운 것을 마음속으로 그려서 떠올리는 것이다. 이렇게 하면 단순히 사물의 형태를 보는 것을 넘어 새로움을 창조할 수 있다.

　• 한 가지 특징만 잡아내는 것이다. 어떤 사물을 표면적인 것이 아니라 핵심을 파악하는 것이다. 생각의 힘을 발휘해 불필요한 부분을 생략하고 본질, 핵심적인 요소만 강조하는 것이다.

4

창조적 역발상을 해라

창의성은 남들이 당연시하거나, 이미 해답이 나온 것에 대해서 다시 한 번 의문을 가지고 이미 하고 있는 것을 흉내 내지 않는데서 시작된다.

수영선수 박태환을 보고 부러워할 것이다. 그런데 박태환은 정말 열심히 연습하기도 했지만 역발상으로 만든 수영복도 한 몫을 했다. 박태환이 입은 수영복은 '불편하기 짝이 없는' 수영복이다. 입는 시간이 10~20분씩 걸리고 착용감도 나쁘다. 잘 늘어나지도 않고 빡빡해서 꽉 조이는 여성용 코르셋을 입은 것 같다고 한다. 하지만 기록 단축에 놀라울 정도의 성과를 보여 '마법의 수영복'이 됐다. 그 마법엔 역설적인 비밀이 있었다. 바로 '불편함'이었다. 신체를 자유롭게 하는 대신 '압박'함으로써 몸의 굴곡을 줄이고 물의 저항을 최소화시킨 것이다. 수영복을 개발한 영국 스포츠 용품 회사인 스피도의 역발상이 세계 수영에 일대 혁명을 일으켰다. 12개의 세계 신기록 중에서 11개가 스피도가 제작한 불편한 수영복에 의한 것이었다.

그동안 수영복은 기록 갱신을 위해 착용감을 개선하는데 초점을 맞춰 왔다. 이와 같은 오랜 상식을 스피도가 뒤집었다. 스피도가 착안한 것은 골격 근육의 역할이었다. 요가의 수련 동작처럼 신체가 이상적인 유선형을 유지하려면 골격 근육이 안정돼야 한다는 것을 실험을 통해 확인해냈다. 그렇다면 신축성이 적은 소재로 몸을 조이는 것이 유리했다.

그대가 앞으로 무슨 일을 하든지 창의성이 최고의 경쟁력이다. 창의성을 대단한 발명이라고 생각하지 말고, 창의성을 과학 분야에만 있는 것으로 생각하지 마라. 음악을 작곡하거나, 독특한 요리를 하는 것도 창의성이다.

사고의 유연성을 발휘할 수 있는 중학시절인 지금부터 창의성을 기르기 위한 생각의 습관을 길들여야 한다.

아는 것이 힘이다

빌 게이츠는 20세인 1975년에 마이크로소프트를, 스티브 잡스는 21세인 1976년 애플을, 마크 주커버그는 20세인 2004년 페이스북을 창업했다. 그대는 빌 게이츠나 스티브 잡스에 대해서는 어느 정도 알고 있을 것이다. 그대와 나이 차이가 제일 적은 지금 20대인 마크 주커버그에 대하여 알아보자.

마크 주커버그는 중학시절 컴퓨터 프로그래밍을 시작했다. 486 컴퓨터를 선물 받고 《멍청이를 위한 C++》란 책을 사서 혼자 소프트웨어 프로그램을 공부했고, 아버지로부터도 컴퓨터 프로그래밍 언어를 배웠다. 중학교 땐 라틴어 수업에서 배운 로마역사를 바탕으로 율리우스 카이사르를 주인공으로 한 게임을 만들기도 했다. 하버드대학 학생으로 있던 2004년 20세의 나이에 페이스북을 창업하여 최고 경영자로 있으면서 세계적인 기업으로 키웠다.

빌 게이츠나 스티브 잡스, 마크 주커버그와 같은 사람은 지식을 밑천으로 창업하여 인류의 생활을 변혁시키고 있으며 억만장자가 되었다. 처음에 그들이 가진 것이라고는 지식으로 무장된 두뇌밖에 없었다.

이들은 지식에다 상상력을 결함시켰다. 지식에다 상상력을 결합하면 그 가치는 무궁무진하다. 그래서 상상력과 결합된 지식을 '미래 경제의 석유'라고 하고 있다. 하지만 석유와 지식의 근본적인 차이점은 무엇보다 석유는 쓸수록 줄어들지만 지식은 사용할수록 더 많이 창조된다는 것이다.

더 많이 벌려면 더 많이 배워라. 현재의 지식기반사회는 다른 사람보다 지식이 넓어야 고액의 수입을 올릴 수 있다. 그대가 앞으로 사회적으로 명성을 얻고 영향력을 가지고 많은 돈을 벌고 싶다면 지식수준을 높여야 한다. 더 많은 지식을 가지기 위해 열심히 공부해라.

현대사회를 지식사회라고 말한다. 지식이 사회를 지배하고 부를 창출한다. 이 시대에 지식을 가지고 활용하는 능력이 제일가는 경쟁력이며 지식을 효과적으로 쓰는 사람이 영향력이 큰 사람이다. 그러므로 학창 시절에는 현재와 미래를 살아가는 데 있어서 가장 큰 무기인 지식을 쌓는데 심혈을 기울여야 한다.

지식이 성공의 열쇠다. 지식을 가지고 하는 일에 적용하면 할수록 성공의 가능성은 점점 더 높아질 것이다. 특별한 지식을 가지고 있거나 특별한 기술을 알고 있다는 것은 그대가 앞으로 무슨 일을 하더라도 성공하는데 날개를 달아줄 것이다.

그대가 꾸준히 노력만 한다면 지식을 쌓거나 발전하는 데는 결코 한계가 없다. 학창 시절인 지금, 학구열을 불태우면서 지식 쌓기에 전력해라.

현대사회에서 지식은 급속도로 늘고 있다. 그대가 불과 1년 전과 비교하여 볼 때 예를 들어 스마트폰, 페이스북, 트위터 등의 출현에 따른 활용법만 하더라도 얼마나 알아야 할 지식이 급격하게 늘어나고 있는가?

늦어도 5년 후에는 알아야 할 새로운 지식이 두 배 이상 늘어난다고 한다. 그렇기 때문에 계속적으로 지식을 늘려나가야만 한다. 그대가 필요로 하는 지식을 배우지 않으면 사회에서 쓸모없는 사람이 되고 말 것이다.

현재와 미래의 '진정한 부자는 많이 아는 자' 즉 지식이 많은 사람이며 '가난한 자는 덜 아는 자' 즉 지식이 적은 사람이다.

부유한 집안에 태어나도 공부를 하지 않아 지식 축척이 덜 된 사람보다, 가난한 집안에 태어나도 공부를 열심히 하여 지식 축적이 많이 되어있는 사람이 성공 가도에 진입할 가능성이 훨씬 높지 않은가?

사회에 진출해서도 마찬가지다. 가장 중대한 빈부격차는 계속해서 자신의 지식과 기술 수준을 높여 가는 사람들과 그렇게 하지 않는 사람들 사이에 존재한다. 그대가 지금 가진 지식과 기술 수준이 오늘의 그대 수준이다.

성공하려면 더 많이 배워야 하고 평생 동안 배워야한다. 그러니 학창 시절인 지금, 배움을 소홀히 하면 언제 배울 것이냐? 항상 지적 호기심을 가지고 배우겠다는 자세를 가져야 한다. 그대가 스스로 세운 목표를 이루기 위해서 필요한 것을 하나하나씩 배워나가야 한다. 마음만 먹으면 배울 수 없는 것은 없다. 항상 시대에 부응하는 새로운 지식, 기술, 정보, 아이디어 등을 배우겠다는 자세를 가져라.

지혜는 삶의 등불이다

그대는 지혜로운 사람이라고 생각하는가? 학창 시절인 지금, 지식만 추구하기에 급급하고 지혜를 키우기 위한 노력을 등한시 하는 것은 아닌가?

관중(管仲)이라면 고대 중국의 대표적 명재상이다. 그가 군대를 인솔하고 숲속을 행군하다가 길을 잃고 말았다. 관중은 곧 자신이 타고 있던 말을 풀어주고 그 뒤를 따라가 보니 과연 길을 찾을 수 있었다.

한 번은 산속에서 물이 떨어져 갈증을 면치 못했다. 그러자 '개미는 겨울에는 산의 남쪽, 여름에는 산의 북쪽에 자리하고, 개밋둑

이 한 치 되면 그 바로 아래 8척 밑에 물이 있다'는 옛말을 상기하고 땅을 파보니 과연 물길을 발견할 수 있었다.

한비자(韓非子)는 관중과 같은 현명한 사람도 자기가 모르는 것에 관해서는 말과 개미의 슬기를 통해 지혜를 발휘하는데, 어리석은 사람들은 지혜를 배우지 않으려고 하니 한심한 일이라고 했다.

학창 시절에는 지식이 상급학교 진학을 좌우하기 때문에 중요한 급선무라고 생각하겠지만 앞으로 인생을 살아가는데 있어서는 지혜가 중요하다. 그대가 알고 있어야 할 지식은 스마트폰에서 키 한 번 누르거나, 말만 하면 검색할 수 있는 시대가 되었다. 그러니 다양한 상황에서 발휘해야 할 것은 지혜이다.

지혜는 삶의 길을 밝혀주는 등불로 사물의 이치를 깨닫고 처리하는 정신적 능력이다. 지혜는 인생의 난관을 슬기롭게 헤쳐 나가게 해주며 삶에 깊이와 안정을 가져다준다.

그대가 얻는 지식과 정보를 뛰어넘어 그것을 어떤 의미 있는 것으로 재조합시켜 지혜로 만들어가야 한다. 지혜는 지식과 정보만 있다고 해서 얻어지지 않으며 스스로의 생각을 다듬는 과정을 거쳐야만 얻을 수 있다.

생각해봐라. 이 세상에는 지식과 정보를 엄청나게 가진 사람들이 많다. 그러나 그들 모두가 지혜롭지는 않다. 지혜를 가진 사람은 지식과 정보를 통해서 현실을 재확인해보는 사람들이다.

지혜는 사용되어야 한다. 지혜를 가진 것만으로는 소용없다. 머릿속에 아무리 지혜를 가지고 있다고 하더라도 현실에서 문제를 해결하는데 사용되지 않는다면 소용없는 일이다. 게다가 세상은 변한다. 어제의 지혜가 오늘은 폐기되어야 하는 경우도 얼마든지 있다.

변화하는 세상에는 거기에 적용될 수 있는 지혜로 계발되고 변화되어야 한다. 지혜는 현실을 통해 재확인되고 검증되고 혹은 수정되고 변화되면서 새로운 지혜로 업그레이드되어야 한다. 그래야 살아있는 지혜이다.

중학생에게 성찰능력이 어떻고 통찰능력이 어떻고 하는 말이 어렵게 들리지 모르겠지만 앞으로 인생을 살아가는데 있어서, 어쩌면 지금에도 때로는 발휘되어야 할 능력이며 인생을 살아가는데 있어서 꼭 필요한 능력이다.

'성찰능력'은 자기 자신을 인식하고 자기감정의 범위와 종류를 구별하여 잘 조절하며 이를 통해 자신과 관련된 문제를 잘 풀어내는데 필요한 능력이다. 성찰능력이 높은 사람은 강한 의지와 독립성을 가지고 있으며 자신에 대한 깊은 반성을 수시로 한다. 또한 자신의 생각과 감정을 성숙하게 조절하고 표현할 수 있는 참다운 능력이다.

'통찰능력'은 남보다 앞선 연구와 사색으로 앞으로 다가올 일이나 결과에 대해 정확히 예측할 수 있는 능력이다. 통찰능력을 키우기 위해서는 먼저 자기 자신을 냉정하게 객관적으로 보는 성찰능력을 갖추고 있어야 한다.

성찰능력과 통찰능력은 매순간 선택과 의사 결정을 요구받고 있는 현대사회에서 필수불가결한 능력이다. 날마다 변화무쌍하게 돌아가는 현대사회에서의 치열한 경쟁 속에서 매순간 활로를 모색해야 하는 숨 가쁜 현장에서 절실히 요구되는 힘인 것이다.

항상 냉정한 자세로 자신에 대한 성찰능력을 갖추어라. 시야를 넓혀서, 사안의 표면만 보지 말고 거기에 깔려있는 내면의 의미를 꿰뚫어 보는 통찰능력을 갖추어라.

그대의 내면 깊숙한 곳에는 지혜의 원천인 '직관'이 있다. 물론 지식이 늘어나고 경험이 쌓이면 그 능력이 늘어나겠지만 인간은 남녀노소를 불문하고 '직관'을 가지고 있다.

그대는 사소한 일부터 인생의 행로를 바꿔 놓을 만큼 중요한 문제까지 평생 수천, 수만 가지 결정을 내리며 살아갈 것이다. 이때마다 올바른 선택, 좋은 결과를 얻기 위해서 객관적이고 과학적인 근거에 의한 의사 결정을 내리면 좋겠지만, 근거가 마련되지 않을 경

우가 많으며, 심지어는 그 근거가 전혀 통하지 않는 경우도 비일비
재하다.

앞으로 인생을 살아가면서 보게 되겠지만 누구도 예상하거나 생
각해내지 못한 결정으로 큰일을 성사시키는 사람이 있다. 이를 두
고 단순히 운이 좋은 사람이라고만 말할 수 없다. 그는 무엇을 해
야 할 것인가에 대한 직관을 개발해 온 사람이다. 그의 직관은 그
가 알 필요가 있다고 생각하는 지혜와 지식을 제공해 주어, 언제
어떻게 이용해야 하는지도 가르쳐 준다.

성공한 정치가, 사업가, 예술가, 운동선수들은 자신의 직관을 믿
고 발휘한 사람들이다. 직관에 의해 아이디어를 떠올리고 즉각적
인 결정을 내릴 수 있는 능력은 내면적 자아를 가꾸어 온 사람들
의 특징이다. 소크라테스, 모차르트, 아인슈타인, 에디슨, 퀴리부
인, 헨리 포드 등도 자신의 내면에서의 목소리에 의한 직관이 자신
을 이끌어 주었다고 한다.

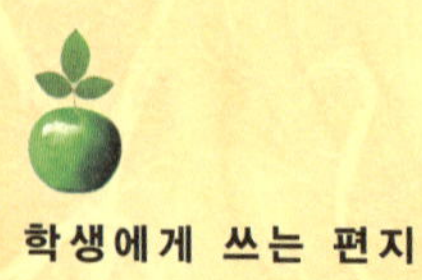

꿈

이성 친구 있니? 요즈음 이성 간에 저녁 늦게 문자메시지를 나눌 때 '내 꿈 꿔^^'라는 문자를 보낸다고 하더라.

그런데 내가 말하려는 '꿈'은 자다가 꾸는 꿈이 아니고 네가 되고 싶은 간절한 소망을 말하는 거야. 그런 면에서 진정한 네 자신의 꿈을 꿔.

인생에서 꿈을 꾸는 것은 매우 중요해. 꿈을 꾸지 않는 사람은 인생을 그저 그렇게 되는대로 살아가는 사람이야. 꿈은 바로 앞에 놓여 있는 주어진 상황이나 현실에 좌우되는 것이 아니라 인생을 멀리 내다보면서 꿈을 꾸어야 해.

야망이 큰 너는 어떤 사람이 되어야겠다고 결심하고 있을 거야. 유명한 많은 사람들의 말을 들어보면 감수성이 예민한 중학시절에 자신의 인생을 멀리 내다보고 꿈을 품고 목표를 결정하고 실행하여 이루어낸 사람들이 많아.

15살 한국의 한 소년이 꿈을 꿨어. 소년은 미국으로 건너가 대통령이 사는 백악관에서 일해보고 싶었지. 미국의 큰 대학교 총장이 되겠다는 생각도 했어. 그가 아버지에게 자신의 꿈을 말하자 터무니없는 생각이라고 여겼지.

그는 17살에 미국에 건너갔고 그 꿈을 이뤘어. 백악관에서 대통령경제자문위원회 수석경제관으로 일했고, 35살 때는 1만5000명이 재학한 세인트클라우드 주립대학교 총장으로 선출됐지. 그리고 LA 한미은행장을 지냈어. 그가 세계적인 경제 석학 손성원 캘리포니아 주립대학교 석좌교수로 바로 그 소년이야.

주변 사람들 어느 누구도 그가 15살 때 가졌던 꿈이 실현될 가능성이 없다고 했지만 그가 꿈을 버리지 않고 정진했기에 결국 꿈을 현실로 만들 수 있었던 거야.

현실에 주눅들 필요 없어. 어떤 환경과 상황에서건 꿈을 품는 것은 어느 누구도 간섭하거나 방해할 수 없는 자신만의 세계야. 순수하고 호기심 많은 중학시절에 무한대의 꿈을 품어야 해. 인생에 있어서 이때에 꿈을 품지 않으면 앞으로 언제 원대한 꿈을 품어볼 수 있겠어? 앞으로 중학시절을 지나 점점 한 살 한 살 먹을수록 꿈이 아니라 현실을 고려한 '어떤 직업을 가질 것인가'로 변해갈 거야.

어떤 꿈이라도 좋아. 꿈을 품는 것을 절대로 두려워하지 마. 부디 그 꿈을 억누르지 말고 마음껏 펼쳐야 해.

앞으로 무한한 가능성의 세계가 펼쳐져 있어. 꿈을 품는 것이 꿈을 실현시키는 시작이야. 꿈을 품지 않으면 미래에 너의 꿈이 실현되지 않아. 중학시절에 꿈을 품고 그 꿈을 하나하나 현실로 탈바꿈시켜 나가야 해.

꿈은 과거에 얽매인 노예가 아니라 미래를 바꾸는 힘이야. 꿈은 불가능을 가능으로 바꿀 수 있어. 꿈을 이루기 위해서는 그 꿈을 향해 너의 모든 에너지를 집중시켜야 해. 그렇게 하면 처음에는 희망 사항처럼 보였던 것이 '해볼 만한 일'로 바뀌고, 다시 '할 수 있는 일'로 바뀌고, 마침내 '이루어 낸 일'이 될 거야.

꿈을 가지고 있기만 해서는 안 돼. 꿈은 머리로 생각하고 가슴으로 느끼는 것에서 출발하지만 거기서 머물지 말고 실천해야 이룰 수 있는 거야.

그런데 말이야 네 꿈 중에서 앞으로 네가 해야 할 일은 남들이 좋다고 하는 일이 아니라 네가 좋아하는 일, 즐거워하는 일, 잘할 수 있는 일, 의미 있는 일을 하도록 하는 것이 좋겠어. 정말 하고 싶어서 안달이 날 정도의 일을 해야 해.

네 인생은 네 자신이 사는 거야. 부모나 선생님이 네 인생을 대신할 수도 없어. 행복도 마찬가지야. 누구도 대신할 수 없어. 네가 하고 싶은 일을 할 때 행복을 느끼는 거야. 하지만 어떤 일을 하고자 할 때에 그래도 부모나 선생님 등 너보다 인생 경험이 많은 분들의 조언을 깊이 생각하면서 들어야 해.

방황하는 친구들이 주변에 많을 거야. 질풍노도의 시기인 중학 시절에 방황할 수도 있고 방황해도 괜찮아. 하지만 꿈을 품고 방황해야 해. 꿈을 품고 있으면 언젠가는 방황을 끝내고 꿈을 향해 나아가게 돼 있어.

너처럼 자신의 꿈을 간절하게 실현시키고 싶은데 방황할 틈이 어디 있겠어? 꿈을 향해 매진하기에도 바쁜데 말이야.

불가능한 꿈은 없어. 네 꿈을 향해 순수한 열정으로 나아간다면 그 꿈이 실현될 것을 믿어. 꿈을 품고 간직하면서 하나하나 실천하고 그 꿈을 더 키우면서 네 열정을 활활 불타오르게 해!

제 2 장

인생의 목표는 행복이다

선택이 인생을 결정한다

노란 숲 속에 길이 두 갈래로 났었습니다.

나는 두 길을 다 가지 못하는 것을 안타깝게 생각하면서,

오랫동안 서서 한 길이 굽어 꺾여 내려간 데까지,

바라다볼 수 있는 데까지 멀리 바라다보았습니다.

그리고 똑같이 아름다운 다른 길을 택했습니다.

그 길에는 풀이 더 많고 사람이 걸은 자취가 적어

아마 더 걸어야 될 길이라고 나는 생각했었던 게지요.

그 길을 걸음으로 그 길도 거의 같아질 것이지만.

그 날 아침 두 길에는 낙엽을 밟은 자취는 없었습니다.

아! 나는 다음 날을 위하여 한 길은 남겨 두었습니다.

길은 길에 연하여 끝없으므로

내가 다시 돌아올 것을 의심하면서….

먼 훗날 나는 어디선가 한숨을 쉬며 이야기할 것입니다.

숲 속에 두 갈래 길이 있었다고,

나는 사람이 적게 간 길을 택하였다고,

그리고 그것 때문에 모든 것이 달라졌다고.

로버트 프루스트의 〈가지 않은 길〉이라는 시다. 아마도 고등학교에서 배울 것이다. 이 시에 나오는 것처럼 숲을 걷다보면 두 갈래 길과 마주칠 수 있다. 그 중에서 한 길을 택하면 나머지는 '가지 않은 길'이 된다.

인생도 이와 마찬가지로 여러 갈래의 길에서 어떤 길을 선택하여 갈 것인가를 결정해야 하고 그 결정에 따라 인생이 결정된다.

그대는 지금도 '무슨 공부를 먼저 할까?' '누구와 친구를 할까?' '어떤 참고서를 살까?' '어느 학원에 다닐 것인가?' 등등 날마다 많은 선택을 할 것이다. 앞으로는 더 중요하고 더 많은 선택을 해야만 한다.

고등학교 진학할 때는 '어느 고등학교를 갈 것인가? 일반고냐 특목고냐?'를, 고등학교 진학해서는 '문과냐 이과냐? 선택과목은 무엇을 할 것이냐?' '어느 대학을 갈 것이냐? 전공은?' 등을, 대학 졸업을 하고는 '어떤 직업을 가질 것인가?' 등등 인생은 끝없는 선택의 연속이다.

인생은 결국 어떤 선택을 하고 어떻게 행동했는가에 달려 있다. 인생은 선택이다. 인생은 주어지는 것이 아니고 선택하는 대로 되는 것이다.

학식과 지혜가 출중하여 명성이 자자한 한 노인이 살고 있었다. 그 노인은 일생을 연구와 사색에 바친 후 노후에 전원생활을 하고 있었다. 그의 높은 학식과 지혜로 말미암아 많은 사람들이 조언을 얻고자 찾아오곤 하였다. 그의 조언은 언제나 정곡을 찔렀다. 그는 어떤 문제나 고민에 대해서도 단번에 핵심을 짚어냈다.
이웃 마을에는 때때로 노인과 말동무가 되는 아이들이 있었다. 때로는 그 아이들도 궁금한 것을 물어왔으며, 노인은 언제나 정확한 해답을 들려주었다. 그러다 보니 아이들끼리 노인이 대답할 수 없는 문제를 짜내려고 안간힘을 썼다.
하루는 아이들의 대장격인 한 소년이 다른 아이들을 불러 놓고

인생은 결국 어떤 선택을 하고 어떻게 행동했는가에 달려 있다.

인생은 선택이다.

인생은 주어지는 것이 아니고 선택하는 대로 되는 것이다.

이렇게 말했다.

"드디어 할아버지를 골탕 먹일 방법을 알아냈어. 여기 내 손에 새가 한 마리 있거든. 할아버지에게 가서 내 손의 새가 살아 있나, 죽었나를 물어보는 거야. 할아버지가 죽었다고 대답하면, 손을 펴서 새가 날아가도록 하는 거지. 살아 있다고 대답하면 주먹을 꼭 쥐면 돼. 그럼 새는 죽어버리겠지. 어떤 대답을 하던지 틀린 대답이 되도록 하는 거야."

마침내 노인이 틀린 답을 하게 만들 수 있다는 생각에 잔뜩 흥분한 아이들은 잔디밭에서 할아버지를 만났다. 마침내 대장격인 소년이 앞으로 나서더니 노인에게 물었다.

"할아버지, 내 손에 새가 한 마리 있는데 살아 있을까요, 죽었을까요?"

노인은 기대와 장난기에 들떠있는 아이들의 얼굴을 찬찬히 둘러보았다. 그리고 조용히 말했다.

"그건 네 손에 달려 있구나."

그대의 삶은 그대의 선택에 따른 결단에 달려있다. 삶은 결단의 연속이다. 급박한 현대사회에서는 빠른 결단을 요구하는 순간이 다반사로 이어지고 있다. 그 한 순간의 결단이 인생을 결정한다.

물론 신속한 결정은 대단히 중요하지만 무조건 빨리해야 한다고 생각해서는 안 된다. 성급히 결정을 내리는 것은 화(禍)를 자초할 수 있다.

　결단하기 전에 결과를 깊이 고민해야 한다. '심사숙고'라는 말이 이런 때 해당하는 말이다. 홈런이 야구방망이와 공의 타이밍에서 결정되듯이 결단도 시점에 맞게 내려야 한다.

하고 싶고 잘할 수 있는 일을 해라

많은 사람들이 땀을 뻘뻘 흘리고 숨을 헐떡이면서 등산을 한다. 때로는 다리가 아프고 몸은 천근만근으로 느끼면서도 산을 오른다. 산을 오를수록 점점 더 힘들어진다. 그래도 즐거운 마음으로 계속 산을 오른다.

많은 사람들이 높은 산을 오르는 것이 힘들지만 좋아하고 즐거우니까 하지 돈을 벌기 위해서라면 싫어하는 데도 하겠는가?

'해병대 극기 훈련'은 많은 사람들이 자유의지로 입소해 혹독한 훈련을 받으면서 눈물을 흘린다. 그러면서도 행복감을 느낀다. 반면에 감옥에 수감되어 있는 사람들은 아무런 일도 하지 않으면서도 만족감을 전혀 느끼지 못하고 있다.

어떤 장소든 그대가 만족감을 전혀 느끼지 못한다면 그곳은 감옥
이나 마찬가지다. 그대가 원치 않는 어떤 상황, 어떤 장소, 어떤 일
이 곧 감옥인 것이다. 만일 그대가 하는 일이 즐겁지 않다면 감옥
에 있는 것과 마찬가지다.

성공은 그대가 가장 '즐기는 일'을 가장 '잘하는 것'이다. 하지만
공부는 그대에게 '즐기는 일'이 아닐 수 있다. 그래도 학생으로서의
본분인 공부는 해야 한다. 그러면 어떻게 해야 하나? 공부하는 것
이 즐거운 일이 아니라도 즐거워하도록 하거나 즐기면서 해야 한다.
그래야 성과도 오르고 잘 할 수 있다.

지금 하고 있는 일이나 공부를 즐기면서 해라.

그대가 만약 학교에 가지 않고 아무 할 일이 없이 편안하게 놀고
만 있다고 생각해봐라. 아마도 심심하고 무료해서 견디기 힘들 것
이다. 일은 모든 생활의 기초이다. 인간은 부지런히 일할 때 행복한
것이다.

현재 학생으로서의 그대 본분인 공부를 열심히 하면 스스로를
발전시키도록 자극한다. 앞으로 사회에 나가서 하는 일도 마찬가지

다. 돈을 벌어 생활할 수 있게 할뿐만 아니라 삶에 보람과 가치를 느끼게 할 것이다.

자아정체성이 확립되는 중학시절에 앞으로 어떤 직업을 가질 것인가를 구체적으로 생각할 것이다.

직업으로서의 일은 사회에서 그대가 성공을 향한 발걸음을 떼도록 하는 원동력이다. 그대가 해야 할 직업을 선택하여 열정적으로 일하는 것은 인생의 진정한 의미이다. 그대가 선택한 직업을 소중하게 생각하고, 그대가 가진 모든 능력을 발휘해 일해야 한다.

앞으로 어떤 직업을 선택해야 할까?

1
하고 싶은 일을 해라

그대가 좋아하는 일이라야 열정을 가지고 전력을 기울일 것이고 전력을 기울여야 성공의 길을 걸어갈 수 있다. 그대가 종사하는 일을 진심으로 좋아하지 않는 상황에서 열정을 발휘하기란 불가능하다. 그러므로 열정을 기울여 성공의 길로 들어설 수 있는 하고 싶은 일을 해야 한다.

2
잘할 수 있는 일을 해라

그대의 자질을 발휘하여 가장 잘할 수 있는 것, 그대의 강점을 살리고 부각시킬 수 있는 일이어야 한다. 현대사회에서는 백화점식의 두루두루 적당히 잘하는 것이 아니라 창의적이고 전문적인 인재를 필요로 한다. 이 일만큼은 내가 최고라는 소리를 들을 수 있는 분야를 선택해라.

이 두 가지 조건에 맞는 일을 할 수 있는 직업을 선택하겠다고 마음먹어라.

재능이란 하고 있는 일에 집중하는 결과다. 지속적으로 집중할 수 있기 위해서는 그 일을 좋아해야 한다. 그래야 열심히 할 수 있는 것이다. 큰 성공을 거두는 사람은 자신의 재능과 열정을 쏟을 수 있는 분야에서 활동하는 사람들이다.

그대는 장래에 열정을 바칠 수 있는 직업을 선택하겠다고 마음먹어라

시간이 보배다

아버지와 중학생 아들이 진지한 대화를 나누었다.

"너에게는 훌륭한 자질이 있다. 목적을 향해서 꾸준하게 끈질기게 접근해가는 힘이 있다. 네 인생 목표가 무엇이냐?"

"아버지! 저는 남을 돕는 일을 하고 싶어요."

"남을 도우려면 네게 무엇인가 가진 것이 있어야 하잖니. 재산이 있다든가 지식이 많다든가…."

"아버지, 저에게는 시간이 있잖아요! 시간이야말로 저의 소중한 재산이에요."

아버지와 아들의 손과 손이 굳게 쥐어졌다.

그대의 삶에 가장 소중한 선물은 시간이다. 모든 사람에게는 똑같이 시간이 주어져 있다. 아침에 눈을 뜨면 마술과도 같이 누구에게나 24시간이 주어져 있다. 이 시간을 어떻게 보내느냐에 따라 인생의 성패가 달려있다. 시간을 낭비하지 마라. 시간을 계획적으로 사용해라. 시간의 중요성은 중학시절뿐만 아니라 인생을 살면서 새겨할 과제이다.

똑같이 출발하였는데 세월이 지난 뒤에 보면 어떤 사람은 성공했고 어떤 사람은 낙오되어 있다. 이것은 하루하루 주어진 시간을 어떻게 활용했느냐에 달린 것이다.

인생에서 한 번 지나간 시간은 다시는 돌아오지 않는다. 인생에서 단 한 번뿐인 중학시절을 후회 없이 철저하게 활용하는 습성을 들여라.

시간을 적당히 흘려보내서는 공부를 잘할 수 없고 장래에 성공할 수도 없다. 그러면 어떻게 시간을 잘 활용할 수 있을 것인가?

1

중요한 일을 해라

중요한 일에 시간을 많이 써야 한다. 최고의 시간 활용을 잘 하는 것은 자신이 하는 일 중 가장 중요한 일을 가장 잘할 수 있도록 하는 것이다. 중요한 일은 두뇌 활동이 가장 활발한 시간대에 해라. 지금 학생 신분인 그대는 공부가 가장 중요한 일이다. 그러므로 공부하는 시간을 가장 많이 가져야 한다.

2

철저히 준비해라

장작을 패는데 쓸 수 있는 시간이 여덟 시간이라면, 그중 상당 시간은 도끼날을 날카롭게 세우는데 써야 한다. 마찬가지로 대패질을 제대로 하려면 대팻날을 잘 갈아야 한다. 갈지 않고 대패질을 하면 나무를 반듯하게 깎을 수 없을 뿐만 아니라 중간에 갈면 훨씬 비효율적이다. '얼마나 철저하게 준비하느냐에 따라 얼마나 잘할 수 있을지, 얼마나 시간을 효율적으로 사용할 수 있을지가 정해진다.

3

미루지 마라

시간이 모자란다고 불평을 하면서도 마치 시간이 무한정 있는 듯이 행동해서는 안 된다. '시간이 없어서', '나중에'라는 변명은 어리석고 못난 변명이다. 일을 제대로 하지 않은 것은 시간이 없어서가 아니라 의지가 없었기 때문이다. 당장 해야 하는 일은 미루지 않고 곧바로 해야 한다.

4

하지 않아도 될 일은 하지 마라

그대의 삶에 가장 소중한 선물은 시간이다.

모든 사람에게는 똑같이 시간이 주어져 있다.

아침에 눈을 뜨면 마술과도 같이

누구에게나 24시간이 주어져 있다.

시간을 가장 잘못 쓰는 것은 해서는 안 될 일, 필요가 없는 일을 열심히 하는 것이다. 해야 할 과제와 활동을 하지 않고 게임 등 쓸데없는 일을 너무 많이 하면서 좋은 결과를 기대해서도 안 되고 좋은 결과도 나오지 않는다. 필요하지 않은 인터넷 검색 등은 하지 않을 정도로 자제할 수 있어야 한다. 관심영역에서 버려야 할 일은 버려라.

5

자투리 시간을 활용해라

조각 시간들을 활용해라. 예를 들어, 버스나 지하철을 타고 있을 때나 산책을 할 때는 비교적 쉬운 책을 읽거나 강의 테이프 정도는 들을 수 있다.

웰링턴은 영국의 군인이며 정치가였다. 어느 날 웰링턴이 관리 한 사람과 만날 약속이 있었다. 그런데 그 관리가 5분 늦게 나타나자 웰링턴은 이렇게 말했다.

"단 5분이라고? 하지만 그 사이에 우리 군대가 전쟁에서 졌을지도 모르지 않소?"

다음 약속 때는 그 관리가 5분 일찍 와서 기다렸다. 정각에 나타난 웰링턴이 이번에는 이렇게 나무랐다.

"시간의 가치를 모르는군요. 5분씩이나 낭비를 하다니 그 시간이
아깝지 않소?"

독일의 철학자 칸트는 일상생활이 시계 바늘처럼 정확했다. 그가
산보하는 것을 보고 동네 사람들은 정확한 시각을 알 수 있었다.
어느 날 밤 취침 시각까지 3분 정도 빠르다고 해서 그동안 침대
주위를 거닐었다는 에피소드도 있다.

친구와의 약속시각을 지키는 것은 친구의 시간을 뺏지 않는 것
이다. 그대가 10분을 늦으면 친구가 10분을 버리게 된다. 약속시각
을 지키지 않으면 신뢰가 깨진다. 약속시각을 잘 지켜야 한다.
지금 중학생인 그대가 약속시각을 지키는 습관을 들이기 위해서
는 반드시 학교에 지각하지 않고 개근상을 받도록 해라.

과거에 얽매이지 마라

오리는 오리끼리 서로 싸움을 해도 결코 오래가지 않는다. 싸움이 끝나면 헤어져 반대 방향으로 떠간다. 그러다가 오리는 둘 다 몇 차례 격렬하게 날개를 턴다. 싸우는 동안 지나치게 커진 에너지를 그런 방식으로 몸 밖으로 방출해 버리는 것이다. 날개를 턴 다음 오리들은 마치 아무 일도 없었다는 듯이 평화롭게 떠간다. 오리가 주는 교훈은 '싸웠던 기억을 잊고 너의 날개를 털어라. 그리고 지금 이 순간으로 돌아와서 유유히 떠가라'이다.

인간의 마음은 과거를 내려놓지 못한다. 아니 그보다는 내려놓으려 하지 않는다. 좋은 일이 있었건 나쁜 일이 있었건 과거는 과거일 뿐이다. 과거는 이미 죽었다. 다시 돌이킬 수 없다. 과거는 물릴 수 없는 인생 투자라고 생각해라.

과거란 현재에 더 나은 판단을 할 수 있도록 지침과 교훈을 주는 의미밖에 없다. 중요한 것은 그대가 지금 여기서 어디로 갈 것이냐다. 과거나 미래에 관점을 두면 현재는 관심사에서 멀어지고 결국 가장 중요한 '지금'이라는 시간을 잃어버리게 된다.

과거를 돌아보며 과거의 어려움에 생각을 집중하면, 지금 그대에게 어려움이 더 많이 찾아오게 될 뿐이다. 어떤 일이 있었던지 다 놓아버려라. 자신을 위해 놓아버려라.

그대의 삶은 그대가 만들어가는 것이다. 마음속으로 과거의 어두운 면을 바라보면서 실망스러웠던 일을 계속 곱씹으면 앞으로도 비슷한 실망이 찾아와달라고 기도하는 것이다. 원하는 것에 의도적으로 집중하고 좋은 감정을 발산하면, 에너지 주파수가 그에 응답할 것이다. 지나간 과거에 얽매이지 마라.

지나간 잘못된 판단이나, 상황, 결과를 가리키면서 "그것 때문에 자기가 이렇게 됐다"고 말하는 사람이 흔하다. 진정 중요한 문제는 지금 뭘 하려고 하는가 하는 점이다.

"초등학교 때는 공부를 잘했는데 지금은…"

“우리 집이 돈이 많았더라면…”

“그 친구만 사귀지 않았더라면 내가 방황하지 않았을 텐데…”

“어제 내가 조금만 더 열심히 했더라면 성적이 좋았을 텐데…”

“그 친구가 그 말을 했기 때문에 내가 어려움에 처해 버렸어.”

과거를 곰씹으며 자신을 책망해서는 안 된다.

‘일어나지 말았어야 할 어떤 일이 과거에 일어났다. 나는 그것을 원망한다. 만일 그 일이 일어나지 않았다면 나는 지금 행복할 것이다.’

이런 자책은 부질없는 일이다. 과거가 어쨌든, 무슨 일이 일어났던 현재 그대 자신의 모습을 인정하고 받아들여야 한다. ‘…했더라면’, ‘…때문에’라고 말하지 마라.

‘과거에 행했거나, 말했거나, 행하지 못한 어떤 것이거나, 과거에 일어난 어떤 일 때문에 내가 지금 행복하지 않다’는 생각을 지워라.

‘했더라면…’, ‘…때문에’라고 후회해도 소용없지만 의외로 유익한 경우도 있다. 그 일을 반성하면서 앞으로 그렇게 하지 않겠다고 결심할 수 있을 때다.

예를 들어 그대가 ‘영어 공부를 열심히 했더라면 좋았을 걸…’이라고 후회하지 말고 지금부터 열심히 영어 공부에 나서는 것이다.

늦었다고 후회할 때가 가장 빠른 때임을 명심하라.

지금 현재에 충실해라

1849년 12월 22일, 영하 50도나 되는 추운 날씨에 여러 명의 사형수가 형장으로 끌려 나왔다. 한 청년이 다른 두 사람과 함께 형장의 세 번째 기둥에 묶였다. 사형 집행까지는 5분 남아 있었다. 청년이 이제 단 5분밖에 남지 않은 시간을 어디에다 쓸까 생각해 보았다. 옆 사람과 마지막 인사를 하는데 2분, 오늘까지 자신의 삶을 생각해 보는데 2분, 그리고 남은 1분은 주위를 한 번 둘러보는데 쓰기로 했다. 그는 옆의 두 사람과 최후의 키스를 했다.

"거총!" 소리와 함께 병사들이 총을 들었다. 조금만, 조금만 더 살고 싶은 욕망과 함께 죽음의 공포가 몰려왔다. 바로 그때 말발굽 소리와 함께 한 병사가 나타나서 "사형 중지, 황제가 특사를 내리셨다!"고 소리쳤다.

28세의 나이로 총살 직전에서 살아난 사형수. 그는 19세기 러시아 문학을 대표하는 세계적 문호 도스토예프스키였다. 농노제의 폐지, 검열 제도의 철폐, 재판 제도의 개혁을 요구하는 사회주의 서클에 가담했다가 1847년 체포되어 사형이 언도되었으나 사형 집행 직전, 황제의 특사에 의해 감형되어 시베리아에 유배되었다. 도스토예프스키는 형장에서 '신의 가호가 있어 살 수 있게 되었는데, 1초라도 허비하지 않겠다'고 다짐했다. 그는 이 다짐대로 4년 동안 시베리아에서 5kg의 쇠고랑을 차고 유배 생활을 하면서 머릿속으로 소설을 쓴 뒤 모조리 외웠다.

도스토예프스키는 주어진 순간순간을 마지막처럼 살았기 때문에 대문호가 될 수 있었던 것 이 아닐까? 이 순간이 마지막이라면 이 순간이 얼마나 소중할까?

그대 인생은 그대가 어제 한 일에 의해서, 내일 하는 일에 의해서가 아니라 오늘, 지금 이 시간 생각하는 바에 따라 정해지는 것이다. 과거의 어느 것도 바꿀 수는 없다. 그러므로 최선을 다해서 현재에 충실해야 한다. 지난 일은 지난 일일 뿐이라고 훌훌 털어버리고 항상 새로운 마음으로 살아나가야 한다. 성적이 좋지 않아 실망스

과거의 어느 것도 바꿀 수는 없다.

그러므로 최선을 다해서 현재에 충실해야 한다.

지난 일은 지난 일일 뿐이라고 훌훌 털어버리고

항상 새로운 마음으로 살아나가야 한다.

러웠다면 그냥 잊어버려라. 그리고 다시 지금 이 순간 열심히 공부
하면 되는 것이다.

과거나 미래가 아니라 현재의 순간을 삶의 중심으로 삼을 때, 그
대는 성공할 수 있다. 그대가 행동할 수 있는 유일한 시간은 '바로
지금 이 순간'뿐이라는 사실을 직시해야 한다. 지금 이 순간이 삶
이 움직이고 있는 시간이다.

지금 이 순간에 그대는 무엇을 해야 하며 할 수 있는가? 항상 깨
어 있는 의식으로 자신의 모습을 자각하고, 무엇을 하겠다는 결심
을 하고 올바르게 행동을 하는 것이 중요하다.

세상에서 가장 중요한 시간은 '지금 이 순간'이고, 세상에서 가
장 중요한 사람은 '지금 그대와 함께 있는 사람'이며, 세상에서 가
장 중요한 일은 '지금하고 있는 일'이다.

그대가 지금 이 순간 할 수 있고 해야 하는 일이면 지금 해라.
내일로 미루지 마라. 5분 뒤에 하려고 하지 마라. 엄마에게 "사랑
한다"고 말하거나 "미안하다"고 말해야겠다고 마음먹었다면 바로
지금 해라. 기회는 다시 오지 않을지 모른다.

지금 이 순간을 붙잡아라.

과거에 묶이거나 미래를 서두르다 보면 지금 이 순간을 놓치고

만다. 과거의 지나간 회상에 발목이 잡히거나 미래의 아직 오지 않은 상상에 사로잡혀서는 안 된다. 지금 이 순간은 그대에게 유일한 소중한 시간이다. 지금 이 순간을 충실히 살아라.

공부할 때는 공부하는 일에, 식사할 때는 식사에, 친구를 만날 때는 그 만남에, 운동할 때는 운동에, 놀 때는 노는 것에, 책을 읽을 때에는 책의 내용에 집중해라.

삶이란 끊임없이 새로워지는 것이다. 지나간 과거는 던져버려라. 비록 미래에 무슨 일이 일어날지 알 수 없지만, 지금 이 순간을 삶의 중심으로 삼고 현재에 충실해라.

현재에 충실할 수 있는 방법을 알아보자.

1

과거는 돌이킬 수 없음을 알라

과거는 돌이킬 수 없음으로 집착해서는 안 된다. 바꿀 수 없는 것을 바꾸려하거나 후회할 시간에 그렇게 하지 않고 행동하는 것이 진정으로 바른 방법이다.

2

목표를 이루겠다고 각오해라

가슴을 두근거리게 하는 목표를 생각함으로써 과거의 부정적인 생각을 무력화시켜라. 중요한 목표와 과제에 마음을 쏟느라 여념이 없어야 한다. 그래서 다른 잡념이 생길 틈을 주지 말아야 한다.

3

해결책을 찾아라

문제를 마음속에서 곱씹고, 누가 비난받아 마땅한지를 생각하고, '이렇게 할 수 있었는데, 저렇게 해야 했는데' 식으로 자책하는 버릇을 떨쳐버려라. 그렇게 아니라 '문제의 해결책은 무엇일까? 다음에는 무엇을 할까?'를 생각해라.

4

긍정적 사고를 해라

부정적 사고는 과거를 떠올리며 곱씹는 과정을 거치면서 계속 자란다. 긍정적인 사고는 그대의 목표와, 그 목표를 한결 빨리 이루기 위해 지금 당장 해야 할 일이 무엇인가를 생각하게 한다.

편안한 마음을 가지라

포도주 제조 과정을 살펴보면 자기 정화에 대한 의미를 쉽게 이해할 수 있다. 좋은 포도주를 만들기 위해서는 먼저 양질의 포도를 밟아 그릇에 담아 놓는다. 그릇에는 포도 찌꺼기와 포도즙이 함께 섞여 있다. 그릇을 다른 그릇에 옮겨 부으면 처음 그릇에는 찌꺼기가 남게 되고, 옮긴 그릇에는 꽤 맑은 포도즙이 모이게 된다. 이러한 과정을 여러 차례 반복하면 나중에는 불순물이 제거된 아주 맑은 포도즙만 남게 되어 숙성 과정을 거치면 좋은 포도주가 되는 것이다.

화가 마음에 가득 차 있으면 찌꺼기가 가득한 포도즙과 같은 상태이다. 마음에 가득 찬 화의 찌꺼기를 거르는 정화의 과정이 필요하다.

학교에서의 다툼이나 폭력은 화가 나는 것에서부터 시작된다. 화가 났다고 감정을 주체하지 못하면 안 된다. 화를 누그리뜨려야 한다. 숨을 고르고 마음을 추슬러야 한다. 그리고 화를 분출시켜라. 소리를 지르거나 땀을 흘리는 운동을 해라.

옛날에 한 왕이 사소한 일에도 마음이 몹시 흔들렸다. 때로는 갈팡질팡하면서 안정이 되지 않는 경우가 많아 사리를 판단하는데 많은 어려움이 있었다. 그래서 왕은 나라 안에 깨달음을 얻은 것으로 소문난 현자를 불렀다.

왕이 현자에게 "어떻게 하면 내 마음이 편안할 수 있겠소?" 하고 묻자 "이것은 매우 값이 비싸지만 마음에 들어 하신다면 그냥 선물로 드리겠습니다"하고 대답했다. 왕은 그렇게 하겠다고 약속했고, 현자는 떠났다.

얼마 후 현자가 다시 나타나 왕에게 선물이 담긴 상자를 건넸다. 그 안에는 붓글씨가 쓰여 있는 족자가 있었다. 그 글귀는 이것이었다.

'이것 또한 지나가리라.'

왕이 "이 글씨의 의미가 무엇이요?" 하고 묻자 현자는 "이 족자를 거처하시는 곳에 걸어두고 어떤 일이 일어나 마음이 흔들리면 새겨진 글귀를 읽으십시오. 그렇게 하면 언제나 마음이 편안해질 것입니다.”

‘이것 또한 지나가리라’는 이 단순한 말은 힘들거나 괴로운 일이 있으면 거기에 대한 집착을 줄이라는 뜻이다. 집착하지 않으면 편안한 마음을 가질 수 있다.

편안한 마음으로 계획을 세우고 실천해야 한다. 편안한 마음으로 공부해야 능률이 오르지만, 뒤숭숭한 마음으로 공부하면 하나마나다. 마음이 가라앉기 전에는 결코 행동을 취하지 마라.

인간은 흥분하기 쉽고, 역경에서 인내하지 못하고, 혼란에 빠지면 평정심을 잃기 십상이다. 하지만 평정심을 유지해야만 하는 일에 대하여 객관적으로 바라볼 수 있다. 현실적인 감각으로 상황을 있는 그대로 볼 수 있어야 한다.

평정심은 성공을 위한 필수 덕목이다. 크게 성공한 사람은 일이 잘 돌아갈 때나, 어려울 때 일희일비하지 않고 평정심을 유지한다.

어느 날, 세계적인 베스트셀러 《적극적 사고방식》의 저자 노먼 빈센트 필 박사에게 한 청년이 찾아와 “박사님, 제 삶이 왜 이렇게 문제가 많은지 모르겠습니다”라고 푸념하자, 빈센트 박사는 “그

래요? 그러면 내가 그대에게 아무런 문제가 없는 평화로운 곳을 소개해줄까요?"라고 말했다.

귀가 번쩍 뜨인 청년은 "그곳이 어디죠? 당장 가르쳐 주세요!"라고 채근했다. 이에 빈센트 필 박사는 다음과 같이 대답했다. "여기서 두 블록 떨어진 곳에 공동묘지가 있는데, 그곳에는 15만 명의 사람이 아무런 문제없이 평화롭게 누워 있다오."

그렇다. 걱정이 있다는 것 자체가 아직 살아 있으며 무엇인가를 하고 있다는 것을 의미한다. 삶 자체가 걱정의 연속임을 인정하고 살아있다는 증거임을 알고 감사해야 한다.

걱정하는 것은 인간 본능이다. 누구나 이런저런 걱정을 한다. 중요한 일들을 걱정하기도 하고 중요하지 않은 일들을 걱정하기도 한다. 때때로 일어나지도 않은 미래의 일에 대하여 걱정하기도 한다. 지금 일어나지도 않은 일을 가지고 괜한 걱정을 하지 마라.

걱정해야 할 일을 걱정한다면 괜찮지만 걱정할 필요가 없는 것을 쓸데없이 걱정해서는 안 된다. 걱정만 하지 말고 그 걱정거리를 어떻게 해결할 수 있는 방법을 찾아서 실천해야 한다. 예를 들면 성적이 나쁜 것을 걱정만 할 것이 아니라 자신에게 맞는 공부 방법을 찾아서 열심히 노력하는 것이 걱정거리를 없애는 가장 빠른 길이다.

삶에서 걱정이 없을 수 없지만 지나친 걱정은 백해무익이다. 그러니 어떤 일이 닥쳤을 때 지나친 걱정은 하지 마라.

마음을 편안하게 하기 위해서는 마음의 운동인 명상하는 습관을 들일 필요가 있다. 중학생에게 무슨 명상이냐고 말할는지 모르겠지만 명상이라고 해서 거창하게 생각할 필요가 없으며 종교 의식도 아니다. 그냥 가만히 앉아 마음을 다스리는 운동이라고 생각하면 된다.

하루 10분이면 족하다. 몇 번의 시도만으로 명상에 익숙해지기란 쉽지 않다. 그러나 명상이 잘되지 않고 속도가 더딜지라도 인내심을 가지고 계속 해나가면 습관이 된다. 시간이 지남에 따라 집중력이 자연스럽게 길러지고 내면이 깊고 풍부해질 것이다.

- 1단계 : 현재 상황에 관한 것을 택해라

방해받지 않는 조용한 곳에서 허리를 곧게 펴고 지나치게 경직되지 않도록 편안하게 앉는다. 깊이 숨을 들이쉬고 내쉬면서 마음을 편히 갖는다. 과거와 미래에 대한 생각을 하지 않도록 지금 현재의 순간에만 초점을 맞춘다.

- 2단계 : 몰두해 깊이 생각해라

숨을 쉼에 따라 숨결과 함께 느끼는 공기의 감각과 아랫배가 부풀었다가 꺼지는 것에 주의를 기울이면서 현재 자신이 간절히 원하는 것에 관해서만 몰두한다.

- 3단계 : 주제로 돌아오게 해라

명상 도중에 생각하고자 하는 주제 혹은 내용과 전혀 상관없는 것들이 떠오를지도 모른다. 과거의 일들, 미래에 해야 할 일들, 욕망들, 걱정들, 환상들이 쓸데없이 마음속으로 들어오면 숨결에 다시 집중하여 쓸데없는 생각들을 멈추게 해야 한다.

- 4단계 : 정해놓은 시간에 마무리해라

명상하는 것이 잘 되지 않았다고 하더라도 정해 놓은 시간에 마무리한다. 천천히 자리에서 일어나서 한두 차례 기지개를 켠다.

웃음을 아끼지 마라

생텍쥐페리의 《미소》라는 단편소설에 다음과 같은 이야기가 있다.

한 사람이 전투 중에 적에게 포로가 되어서 감방에 갇혔다. 포로는 극도로 신경이 곤두섰으며 고통을 참기 어려웠다. 그래서 담배를 찾아 주머니를 뒤졌는데 다행히 한 개비가 있었다. 떨리는 손으로 담배를 겨우 입으로 가져갔는데 성냥이 없었다.

포로는 창살 사이로 간수를 바라보았으나 간수들은 곁눈질도 주지 않았다. 그래서 간수를 불러 "혹시 불이 있으면 좀 빌려 주십시오" 하고 말했다. 그러자 간수는 가까이 다가와 담뱃불을 붙여 주려고 했다.

성냥을 켜는 사이 시선이 마주쳤는데 그 때 포로는 자신도 모르게 무심코 간수에게 미소를 지어보였다. 그런데 이 미소가 창살을 넘어가 간수의 입술에도 미소를 머금게 했는데, 간수는 담배에 불을 붙여준 후에도 자리를 떠나지 않고 포로의 눈을 바라보면서 미소를 지었다. 이렇게 두 사람은 서로에게 미소를 지으면서 서로가 살아 있는 인간임을 깨달았다. 이때 간수가 물었다.

"당신에게 자식이 있소?"

"그럼요. 있고말고요."

포로는 대답하면서 얼른 지갑을 꺼내 자신의 가족사진을 보여주었다. 간수 역시 자기 아이들의 사진을 꺼내 보여주면서 앞으로의 계획과 자식들에 대한 희망 등을 얘기했다. 가족의 얘기가 나오자 포로의 눈에는 눈물이 맺혔고, 그는 다시는 가족을 만나지 못하게 될 것과 내 자식들이 성장해 가는 모습을 지켜보지 못하게 될 것이 두렵다고 말했다.

이때 간수는 갑자기 아무런 말도 없이 일어나 감옥 문을 열고는 조용히 포로를 밖으로 끌어냈다. 그리고 말없이 함께 감옥을 빠져나와 뒷길로 해서 마을 밖에까지 포로를 안내해 주었다. 그리고는 한 마디 말도 남기지 않은 채 뒤돌아서서 마을로 급히 가버렸다. 한 번의 미소가 목숨을 구해준 것이다.

눈가의 근육을 조금만 움직여서 한두 번 미소 짓는 것만으로도

눈가의 근육을 조금만 움직여서

한두 번 미소 짓는 것만으로도

주변 사람들에게 행복감을 안겨줄 수 있다.

웃음은 인간에게만 주어진 선물이며 만국공통어다.

주변 사람들에게 행복감을 안겨줄 수 있다. 웃음은 인간에게만 주어진 선물이며 만국공통어다. 웃음은 좋은 관계를 맺게 해주는 지름길이다. 웃음 한 번으로 상대방에게 내 마음을 전달할 수 있고, 원수를 친구로 만들 수도 있다.

웃음은 서로의 마음과 감정이 가장 빨리, 가장 쉽게, 가장 원활하게 연결되는 방법 중 하나다. 웃는 얼굴을 하면 남도 즐거워하고 그 기쁨도 또한 옮아간다. 행복을 전하는 미소를 자주 지어라.

인간은 평생 동안 얼마나 웃을까? 일반인들의 평균 기준으로 70세가 되면 공부와 일에 26년, 수면시간 23년, 교통 이용에 6년, TV 시청 4년, 누군가 기다리고 만나는 시간 3년, 신문 보는데 2.5년, 세면 2년, 거울 앞에서 1.5년, 화장실에서 1년 정도라고 한다. 여섯 살 때는 하루에 300번 웃던 웃음을 다 커서는 하루에 17번밖에 웃지 않는다고 한다. 이것을 시간으로 따지면 하루 5분 내외일 것이다. 이것을 70세까지로 환산하면 90일 정도이다.

한바탕 크게 웃을 때 사람 몸속의 650개 근육 중 231개의 근육과 206개의 뼈가 한꺼번에 움직인다. 15개의 안면근육이 동시에 수축하고 광대뼈근육을 전기적 흥분 상태로 만들고 숨을 헐떡이게 하고 눈물샘을 자극하기도 한다.

　코미디물을 보고 난 사람들의 혈액검사 결과 병균을 막는 항체가 200배 증가했다. 질병에 대한 면역력과 스트레스를 이겨내는 힘이 200배 증가한 것이다. 웃음이 건강을 지킨다.

　그대가 마음먹기에 따라 아무런 비용도 지불하지 않고 별다른 노력도 들이지 않고 할 수 있는 행위가 웃음이다. 밝게 웃는 웃음을 아끼지 마라.

　영국 사람들은 성격의 제일 첫째가는 장점으로 유머 감각을 평가한다. 영국의 처녀들은 배우자 선택의 첫째 조건으로 유머 감각을 내세우고 있다.

　낙반 사고로 땅속에 묻힌 광부를 구조할 때, 구조대원들은 갱내에서 재미있는 농담을 하는 것이 상례라고 한다. 구급차 간호사들은 직업적인 코미디언에 버금가는 재담을 많이 알고 있어야 한다. 영국의 학생들은 토머스 모어가 런던탑 앞의 단두대에서 사형 집행인에게 한 말을 모두가 암기하고 있다.

　"내가 단두대 위로 올라갈 때만 부축해 주세요. 내려올 때는 혼자 힘으로 내려올 테니…"

　유머는 웃음을 불러내는 좋은 도구다. 진짜 웃음을 불러일으키는 유머 감각은 소중하다. 일상의 말에 유머 감각이 더해지면 말이

빛나게 되고, 말이 빛나면 그 사람도 함께 빛이 난다. 유머 감각이 있는 사람은 자신을 주목하게 만든다.

유머를 구사하는 사람에게는 관대함과 여유가 있다. 유머는 대화를 원활하게 하고 좋은 인상을 남겨 성공의 단초가 될 수 있다. 친구들 중에도 잘 웃기는 친구가 있을 것이다. 그 친구처럼 유머 감각을 키워라

긍정적인 사고방식을 가지라

생김새는 똑같은 쌍둥이인데 성격은 정반대인 두 아이가 있다. 한 아이는 언제나 "모든 일이 잘 되어 가고 있어!" 하면서 낙관적으로 보았는데, 한 아이는 아무리 좋은 상황이라도 비관적으로 보았다. 너무 극단적으로 반대되는 성향을 지니고 있어 균형감각을 찾아주기 위해 부모는 두 아이를 데리고 정신과 의사를 찾아갔다.

의사는 부모에게 한 가지 제안을 했다. "얼마 후에 있을 아이들 생일에, 비관적인 성격을 가진 아이에게는 사 줄 수 있는 최고의 선물을 사주고, 낙관적인 성격을 가진 아이에게는 개 사료를 선물하세요. 그리고 아이들을 각자 따로 선물을 열어보게 하세요."

의사의 제안대로 부모는 두 아이에게 선물을 준 다음 각자 따로 따로 선물을 열어보게 하고 반응을 살폈다. 비관적인 아이에게는 최신식 노트북을 선물했는데 그는 노트북이 포장된 박스를 열자마자 불평을 늘어놓기 시작했다.

"이 노트북은 색깔이 마음에 안 들어요. 훨씬 디자인도 좋고 성능이 좋은 것이 있는데 바꿔야겠어요. 아니면 이 돈으로 내 맘에 드는 다른 것을 사야겠어요."

이제 부모는 낙관적인 성격을 지닌 아이에게 선물을 열어보게 하고 반응을 살폈다. 아이는 선물을 열어보고 처음에는 개 사료인 줄 몰랐다. 부모가 설명을 해주자 반색을 하며 좋아했다.

"날 놀리지 말아요! 개 사료를 샀다면 나에게 애완견 한 마리를 사 주신다는 거죠?"

　부정적인 생각으로 일관하는 사람은 늘 불평불만과 푸념을 일삼는다. 그러다보니 부정적인 에너지 파장이 일어나 부정적인 것들을 끌어당겨 부정적인 일들이 많아지고 제대로 이루어지는 일이 없다.

　부정적인 사람은 시련이나 장애가 나타나면, 이를 극복할 생각을 하는 것이 아니라, 극복하지 못하는 이유를 찾는다. 그럼으로써 부정적인 결과를 거듭 초래하게 되고 결국에는 아무 일도 못하는 무능력한 사람으로 전락된다.

부정적인 생각이란 독과 같다. 부정적인 생각을 하면 코브라의 맹독에 준하는 물질인 노르아드레날린이라는 호르몬이 생성된다. 이 물질은 심신을 허약하게 하고 몸을 산성화 시켜 암이나 다른 질병에 걸리기 쉽게 만든다.

긍정적인 생각만 하도록 애쓰면 주위에 긍정적인 에너지 파장이 만들어지면서 긍정적인 상황을 끌어당기면서 좋은 일이 생기게 만든다. 긍정적인 사람은 시련이나 장애가 나타나면 해결 방안을 찾아내어 이를 극복하면서 무슨 일이든 해내는 능력 있는 사람이 된다.

긍정적인 감정에 사로잡혀 있으면 갈구하는 모든 것들을 순리대로 풀어나갈 수 있다. 긍정적인 생각이 행복의 첫걸음이다. 긍정적인 생각은 베타엔도르핀이라는 호르몬을 생성하게 하는데 몸과 마음을 편안하게 하고 기쁨을 증가시켜준다.

사람의 몸은 생각하는 대로 반응한다. 생각은 자기 자신의 신체에도 영향을 끼친다. 1910년, 스위스의 의사 에밀 쿠에는 제네바에 있는 자신의 병원 환자들에게 다음과 같은 말을 반복해서 들려줌으로써 놀라운 치료 효과를 보았다.

"매일매일, 하나부터 열까지, 나는 나아지고 또 나아진다."

이 반복적인 긍정은 그야말로 만병통치약이었다. 곧, 이 놀라운 심신 의학적 성과를 연구하러 전 세계에서 의사들과 학자들이 몰려들었다.

생각이 얼마나 중요한가하는 점은 '플라시보 효과(Placebo Effect)'
에서 증명된다. 의사가 환자에게 비타민 등을 투여하면서 치료약이
라고 하고, 환자가 이를 믿고 긍정적인 생각을 하면 실제로 병이 호
전된다는 것이다.

이와 반대로 '노시보 효과(Nocebo Effect)'가 있는데 이는 적절한
처방을 했음에도 불구하고 환자가 부정적인 생각을 가지고 의구심
을 가지면 잘 낫지 않는다는 것이다.

즉 부정적이든 긍정적이든 생각을 바탕으로 한 자기 예언이 실제
현상으로 일어나게 만드는 것이다. 긍정적으로 생각해라.

언어는 행복의 문을 여는 중요한 열쇠다. 두뇌는 자신이 말한 언
어를 의식 속에 넣어 자신의 인생에 반영시키는 시스템으로 이루
어져 있다. 따라서 행복한 인생을 실현하기 위해서는 긍정적인 언
어를 좀 더 의식적으로 선택해서 사용하는 습관이 중요하다.

심리학자들은 사람의 감정의 95%는 그 순간 마음을 스쳐가는
말에 의해 좌우된다고 말한다. 긍정을 심으면 긍정이 나오고 부정
을 심으면 부정이 나온다. 긍정적인 말을 자주 써라.

부정적인 말을 긍정적인 말로 바꾼 몇 가지 예를 들어보자.

- "지각하고 싶지 않아." → "시간을 잘 지키고 싶어."

- "잊어버리고 싶지 않아." → "잘 기억하고 싶어."

- "나는 할 수 없어." → "나는 할 수 있어."

- "문을 꽝하고 닫지 마!" → "문을 조용히 닫아."

- "네 방은 왜 그렇게 지저분해?" → "방을 깨끗하게 하면 좋
겠어."

- "시끄럽게 떠들지 마." → "조금만 조용히 해주겠니?"

지금 있는 것들에 감사해라

수도사나 수녀들이 살고 있는 수도원과 죄수들이 형을 살고 있는 감옥은 공통점과 차이점이 있다. 공통점은 세상과 고립되어 있다는 점이다. 차이점은 '감사'가 있는 곳인가 없는 곳인가의 차이다. 수도원은 감사하면서 살고 있고, 감옥은 감사가 아닌 고역을 느끼면서 살고 있다.

감옥도 갇혀서 살고 수도원도 갇혀서 산다. 감옥은 강제로 갇혀 있는 곳이고 수도원은 본인 스스로 결단해서 갇혀서 산다. 수도원 사람들은 갇히고 열악한 환경에 대해서 감사한다. 그러나 감옥에 있는 사람은 갇혀있는 생활에 불평한다.

수감된 죄수가 수도자와 같은 '감사의 마음'을 가지면 그 죄수에게는 감옥이 수도원이 될 것이고, 반면에 수도자가 죄수와 같은 '불평의 마음'을 가지면 그 수도자에게는 수도원이 감옥이 될 것이다. 감사하는 태도는 자신에게 축복이며 주변 사람들을 행복하게 해준다.

마음에 감옥을 두고 사느냐, 마음에 수도원을 두고 사느냐는 스스로 선택의 몫이다. 인생에는 항상 두 가지 측면이 있다. 삶에서 '즐거움을 끄집어내느냐', '고통을 끄집어내느냐'이다.

매사는 마음먹기에 달려있다. 환경이 바뀌길 기다릴 것이 아니라, 주어진 상황에 감사하는 긍정적 사고가 중요하다. 행복해야 감사함을 느끼는 것이 아니라, 감사하는 마음이 행복하게 만든다.

어떠한 상황에서도 감사한 마음을 가지면 삶이 풍요로워지고 행복감을 느끼게 된다. 감사의 마음을 품고 표현하는 일은, 그대에게 더 좋은 일들을 많이 가져다준다. 세상을 긍정적으로 바로보고 받아들이면서 더 열심히 살게 되고, 더 넉넉해지고, 더 여유로워지고, 더 깨어 있게 되고, 더 확고해지고, 더 행복해진다.

어렵고 힘든 일에도 감사하는 일을 잊지 마라. 감사할 만한 일에 감사하는 것은 누구나 할 수 있다. 진정한 감사는 도저히 감사할 수 없는 일에조차 감사할 줄 아는 것이다. 지금의 상황에 감사해라.

그대가 처해 있는 상황이나 가지고 있는 것들에 대하여 어떤 생각을 가지고 있는가? 지금 예전과 다르게 감사한 마음을 느끼기 시작하는 순간부터 좋은 일을 더 많이 끌어당기게 될 것이다.

감사해야 할 일들을 생각해봐라. 그러면 지금까지 생각했던 것보다 감사할 일이 훨씬 많다는 것을 알게 될 것이다. 가지고 있는 모든 일에 대해 생각해 보면 놀랍게도 감사해야 할 일들이 꼬리를 물고 끊임없이 이어질 것이다.

생각하기 전에는 자신에게 부족한 점들이나 불평이나 문제에 초점을 맞추다가도 생각하고 나면 긍정적인 방향으로 바뀌게 된다.

그대가 지금 가지고 있는 것들에 감사해야 한다. 가지고 있지 않은 상황에 대하여 아무리 불평해도 소용이 없다. 그대에게 이미 있는 것, 주어진 것에 감사하면서 노력하지 않으면 좋은 일이 일어날 수 없다. 이미 그대가 가진 것들 가운데 감사할 일에 집중하여 노력해라.

매사는 마음먹기에 달려있다.

환경이 바뀌길 기다릴 것이 아니라,

주어진 상황에 감사하는 긍정적 사고가 중요하다.

베푸는 대로 거둔다

인도의 성자 썬다 싱은 눈보라가 몰아치는 겨울날, 네팔 지방의 외딴 마을을 찾아가기 위해 산길을 걷고 있었다. 길을 가던 도중 방향이 같은 여행자를 만나서 함께 눈발을 헤치며 고된 발걸음을 재촉했다.

얼마쯤 갔을까, 인적이라고는 없는 산비탈에 이르렀을 때 눈 위에 쓰러져 있는 사람을 발견했다. 그 사람은 곧 죽을 것처럼 가느다랗게 숨을 내쉬고 있었다. 썬다 싱은 여행자에게 말했다.

"우리 이 사람을 데리고 갑시다. 그냥 두면 분명 죽고 말 것이오."

그러나 여행자는 얼굴을 잔뜩 찌푸리며 반대했다.

"안 됩니다. 우리도 죽을지 살지 모르는 판국에 한가하게 누굴 도와준단 말이요?”

그는 오히려 화까지 내면서 서둘러 먼저 가버리는 것이었다.

썬다 싱은 쓰러진 사람을 일으켜 등에 업고 있는 힘을 다해 발걸음을 옮겼다. 눈보라는 갈수록 더욱 거세졌다. 썬다 싱은 헉헉 숨을 몰아쉬며 한 발 한 발 앞으로 나아갔다. 점점 눈앞이 흐려져 왔다. 이젠 정말 걷기조차 힘들었다.

하지만 등에 업은 사람을 내려놓고 갈 수는 없었다. 무거움을 참고 견디다 보니 온 몸에서는 땀이 흐르기 시작했다. 그러자 등에 업힌 사람의 얼었던 몸이 썬다 싱의 더운 체온으로 점점 녹아 의식을 회복하게 되었다.

마침내 마을 가까이 왔을 때, 저 쪽에 쓰러진 사람이 눈에 들어왔다. 그 사람은 안타깝게도 이미 얼어 죽어있었다. 그는 먼저 가버렸던 바로 그 여행자였다. 먼저 혼자 가버렸던 여행자는 얼어 죽었고, 죽어가던 사람을 업고 간 썬다 싱은 서로의 체온으로 살아남을 수 있었던 것이다.

슈바이처 박사는 유년 시절의 우연한 사건 하나가 인생의 특별한 전환점이 되었다. 슈바이처 박사가 14살이던 때에 동네 아이를 마구 때려 쓰러뜨렸다. 이때 맞은 아이가 유복하게 자란 슈바이처에게 울부짖었다.

"내가 만약 너처럼 매일 잘 먹을 수 있었다면, 이렇게 얻어맞지 않았을 거야!"

자신에게 향한 이 한 마디는 슈바이처의 뇌리에 충격과 함께 각인되었다. 그는 마음속으로 자신보다 약하고 어려운 사람들을 도와야겠다는 결심을 했다. 24년 후 안락이 보장된 삶을 버리고 아프리카로 떠났다. 어린 나이에 그 순간의 관계에서 던져진 말에 대한 깊은 성찰을 통해 위대한 삶을 사는 전환의 계기로 삼은 것이다.

우리가 진정으로 누군가를 도울 때 그것은 곧 우리 자신을 돕는 일이 된다. 베풀 줄 모르는 사람은, 언젠가는 베풂을 필요로 할 때가 있다는 사실을 깨닫지 못한 것이다.

그대가 다른 사람에게 최선을 다할 때, 그 사람으로부터 최선의 것을 얻게 된다. 그대가 다른 사람이 소망하는 것을 얻을 수 있도록 충분히 도와준다면 그대 역시 소망하는 것을 얻을 수 있다. 사랑은 사랑의 열매를 맺는다.

행복은 결코 소유의 많고 적음에 있지 않다. 참된 행복은 나누어 주는데 있다. 행복은 다른 사람을 행복하게 해주려고 할 때 생긴다. 행복한 사람은 어떻게 베풀 것인가를 찾아내는 사람이다.

베풂은 물질만이 아니라 시간, 재능, 마음을 나누는 것이다. 선
행을 기억하는 좋은 방법은 새로운 봉사를 하는 것이다. 대가를
바라지 않고 베푸는 모습이 아름답다. 대가를 바라지 않는 베풂이
마음을 풍성하게 만든다. 베풂을 통해 얻는 기쁨은 결국 자신을
위한 것이다.

신체를 튼튼히 해라

"신체가 튼튼해야 공부도 하고 일도 하고 행복하다."

맞는 말이다. 중학시절은 청소년기로 신체가 급격하게 발달하는 시기이다. 이 시기에 신체를 튼튼히 해야 한다. 그래야 무슨 일이든지 하고자 하는 의욕이 생기고, 하는 일을 성취할 수 있다. 신체를 튼튼하게 해라.

신체를 튼튼하게 하는 기본은 무엇일까?

1

잘 먹어라

먹는 것과 건강은 직결된다. 건강하려면 잘 먹어야 한다. 특히 공부는 건강한 체력이 있어야 잘 할 수 있다. 공부하는데 굉장히 많은 열량이 소비된다. 체력이 떨어지지 않고 쉬 피로해지지 않아야 꾸준히 공부할 수 있다. 요즈음 학생들 중에는 지나치게 몸매에 관심을 기울여 다이어트 하느라 아침을 거르고 영향 섭취에 소홀한 경우가 있다. 청소년기에는 균형 있는 식사로 잘 먹어야 된다. 그래야 튼튼한 체력이 될 뿐만 아니라 하고자 하는 일에 체력이 뒷받침된다.

공부는 두뇌로 하는 것이므로 잘 먹어서 뇌에 영양을 공급해야 두뇌 회전이 빨라진다. 잘 먹는다고 해서 기름진 음식을 푸짐하게 먹는 것은 바람직하지 않다. 위에 부담을 주지 않을 정도로 가볍게 먹어야 뇌가 활발하게 움직일 수 있다. 맵고 짠 음식도 몸에 좋지 않다. 호두 등 뇌에 영양을 공급하는 음식물을 평소에 꾸준히 섭취해야 한다.

2

숙면해라

잠을 잘 자야 건강을 유지할 수 있을 뿐만 아니라 가뿐한 기분으로 공부할 수 있다. 공부 욕심에 잠자는 시간을 5시간 이하로 줄여서는 안 된다. 괜히 밤만 되면 인터넷에 몰두하여 늦게 잠들고 아침에는 시간에 쫓겨 허둥지둥 등교하다보면 졸린 상태에서 학교 수업시간에도 소홀해지고, 다시 밤이 되면 말똥말똥해져서 인터넷에 몰두하고, 다시 아침 등교 시간에 허둥지둥하고, 이와 같은 일이 다람쥐 쳇바퀴 돌듯이 반복되면 좋은 성적을 낼 수가 없다. 그러니 쓸데없는 시간을 낭비하지 말고 가능한 충분한 수면시간을 가지라.

3

운동해라

운동을 하면 육체적인 건강뿐만 아니라 정신 건강에도 좋다. 그렇다고 해서 중학시절에 헬스클럽에 다니면서까지 운동을 할 필요는 없다. 평소 학교 체육 시간에 열심히 하고 하교 시에 철봉을 하고, 집에서 스트레칭, 맨손 체조를 하고, 집 주변 공원을 걷거나, 집과 학교가 그리 멀지 않다면 걸어 다니는 것으로 충분하다.

방학 때 운동 한 종목을 배우면 좋은데 중학시절에는 수영을 권하고 싶다. 수영이 물과 접하는 것이라 정신 건강에도 좋지만 수영의 영법을 배우면 자신의 건강뿐만 아니라 친교에 있어서 유용하게 활용할 수 있다. 특히 영법 중에서 접영을 배워두면 왠지 멋있게 보일 것이다. 언젠가 이성과 교제를 할 때에 수영장에서 접영 하는 모습을 보여주면 굉장한 매력을 주게 될 것이다.

지금 행복하다고 말하고 다녀라

어느 중학생이 원하는 고등학교에 입학하면 행복할 것이라고 생각했다. 그 후 그는 원하는 고등학교에 입학했다. 그러자 이제는 원하는 대학에 입학하면 행복할 것이라고 생각했다. 열심히 공부하여 원하는 일류대학에 입학하여 좋은 학점을 받고, 졸업하여, 원하는 직장에 취직해, 열심히 근무했다. 그는 중요한 목표를 차 구입으로 정하고 근검절약으로 저축하면서 친구에게 말했다.

"차 살 만큼 충분한 돈을 모으게 되면, 그 때는 아주 행복하게 될 거야."

얼마 후 그의 말대로 돈을 모아 생애 처음으로 자신의 차를 갖게 되었다. 하지만 그는 차를 살 당시에 순간적인 뿌듯함은 느꼈지만 여전히 행복하지 않았다.

이제 그는 새로운 목표를 정하고 열심히 일했다. 그것만 이루면 행복해질 것 같았다. 그는 평생을 함께할 배우자를 찾고 있었다. 그는 친구에게 말했다.

"결혼해서 안정을 취하게 되면, 그때는 행복해질 거야."

결혼한 뒤에도 그는 여전히 행복하지 않았다. 아파트나 작은 주택이라도 구입할 자금을 모으기 위해 별도의 직업을 가지면서까지 훨씬 더 힘들게 일해야만 했다. 그는 말했다.

"내 소유의 집을 한 채 갖게 되면 그때는 정말 행복할 수 있을 거야."

막상 집을 구입했지만 집을 사느라 빌린 은행 대출금을 다달이 갚아나가면서 행복하지는 않았다. 그러다가 은행 대출금을 다 갚아나가자, 아이들의 교육 문제에 난리를 피웠다. 아이들 때문에 밤늦게까지 깨어 있어야만 했으며, 그가 돈을 벌어오는 쪽쪽 교육비로 충당되어야만 했다. 이제 그는 원하는 것을 얻을 수 있기까지는 20년이나 남아 있다고 생각했다. 그래서 그는 말했다.

"아이들이 다 자라 안정적인 직장을 갖고 독립해서 나가면, 그때는 행복할 거야."

자녀들이 독립해서 집을 떠날 때쯤에 그는 정년퇴직을 눈앞에 두고 있었다. 그래서 그는 계속해서 행복을 뒤로 미루며 노후생활을 대비하기 위해 더 열심히 일했다. 그는 말했다.

행복은 마음먹기에 달려있다.

행복은 주어진 조건이 아니라

마음가짐 하나로 좌우될 수도 있다.

행복이라는 것은

어떠한 생각을 갖느냐에 달려있는 것이다.

“정년퇴직을 하고 나면, 그때는 행복할 거야.”

정년퇴직을 하고나서 교회를 다니기 시작하면서 말한다.

“죽은 뒤에 행복한 내세가 기다리고 있을 지도 모르잖아!”

그대는 지금 행복하다고 생각하는가?

인간은 누구나 행복하기를 원하면서 추구하고 있다. 행복은 찰랑대는 느낌이며 편안하고 평온하게 가슴 가득 스미는 잔잔한 빗물 같은 것이다.

행복은 마음먹기에 달려있다. 행복은 주어진 조건이 아니라 마음가짐 하나로 좌우될 수도 있다. 행복이라는 것은 어떠한 생각을 갖느냐에 달려있는 것이다. 행복과 불행을 결정하는 것은 외부 환경이 아니라 그 환경을 어떻게 바라보느냐에 달려있다.

‘원하는 고등학교에 들어가면 행복할 텐데…’, ‘우리 집이 부자라면 행복할 텐데…’, ‘좋은 이성 친구를 만나면 행복할 텐데…’

‘이것을 성취하면 그때는 행복할 것이다’라고 믿는 사람에게 행복은 단지 이루어지지 않을 미래의 꿈에 지나지 않는다. 그것은 한두 걸음 앞에 있는 무지개와 같지만 결코 손에 잡을 수가 없다.

가난한 사람은 부자를 부러워한다. 하지만 부자들 중 많은 사람들은 가난한 사람들의 진실한 우정과 일상적인 자유를 부러워한

다. 다른 무엇이 됨으로써 행복해질 수 있다고 생각하는 것은 상상
에 불과할 뿐이다.

행복은 먼 훗날의 목표가 아니라, 이 순간 존재하는 것이다. 지
금 이 순간 행복하다고 마음먹으면 행복할 수 있다. 지금 행복하다
고 생각해라.

그대는 자신과 친구를 비교하고 있지는 않는가? '친구 집은 부자
인데 우리 집은 왜 가난할까?' '친구는 키가 큰데 나는 왜 작을까?'
'친구는 날씬한데 나는 왜 뚱뚱할까?' '친구는 머리가 좋은데 나는
왜 보통일까?' 등등 말이다.

비교는 불행으로 가는 지름길이다. 타인과 비교하면 대부분이
좌절감을 느낀다. 이제 이 비교하는 심리를 벗어나라. 더 이상 타인
과는 절대 비교하지 마라. 더 이상 타인과 비교하여 스스로 기죽지
마라.

그래도 비교하고 싶으면 위를 보지 말고 아래를 보고 살아라. 그
러면 그대가 현재 살아가는 삶의 모습에 감사하게 될 것이다.

친구

너는 친구가 몇 명이나 있니? 그냥 같이 어울리는 친구 말고, 정말 서로 우정을 나누는 친구 말이야. 네가 좋은 성적을 받으면 진심으로 축하해주고 네가 고민이 있거나 힘들면 격려해주는 친구. 이런 친구가 진짜 친구야.

그냥 놀 때 같이 어울리고 네가 좋은 성적을 받으면 자신의 내신 등급이 떨어진다고 시기와 질투를 하는 친구는 친구가 아니라 그냥 같은 반 급우일 뿐이야.

좋은 친구를 만나는 것은 쉽지 않아. 중학시절은 정신적 성숙과 지적 발달을 보이면서 친구를 사귀고자 하는 마음이 일어나는 시기야. 중학시절은 대학입시에 몰두해야 할 고교 시절과는 달리 친구를 사귈 시간과 마음의 여유가 있어.

중학시절은 어떤 조건을 떠나 친구를 사귈 수 있는 시기지. 대학시절이나 그 후 사회생활에서의 친구 사귀기는 중학시절의 순수함보다는 비슷한 능력이나 수준, 이해관계에 따라 인간관계가 맺어

지므로 진정한 친구를 사귀기가 쉽지 않아. 마음이 순수하고 아름다운 중학시절의 우정은 계산을 하지 않기 때문에 평생 동안 갈 수가 있어.

❀

친구를 잘 만나거나 잘못 만나는 것이 운명을 결정하는 경우가 많아.

마이크로소프트의 빌 게이츠, 애플의 스티브 잡스, 페이스북의 마크 주커버그는 모두 진한 우정을 바탕으로 20대 초반에 친구와 함께 창업하여 오늘날 세계적인 기업으로 만들었어. 이들은 친구끼리 서로 부족한 부분을 보완하면서 회사를 발전시킨 거야.

이와 반대로 이런 경우도 있어. 축구를 좋아하는 너는 알 거야. 축구선수 박주영의 뒤를 이을 전도유망했던 국가대표 축구선수가 친구의 꾐에 빠져 승부조작에 가담한 사건 말이야. 결국 발각되어 영구 제명되어 선수 생활에 종지부를 찍은 거지. 그 후 어쩔 수 없어 사업을 벌이다가 실패하자 그 친구와 함께 부녀자 납치 사건을 저질러 감옥에 갔어. 친구 잘못 만나서 인생이 엉망이 되어버린 거지.

정말로 너무나 불행한 사건이야. 친구 한 사람 잘못 만나면 패가망신 정도가 아니라 인생이 끝장난다는 사실을 너무나 잘 보여주고 있는 사건이야.

요즈음 소위 말하는 학교에서의 일진회도 마찬가지야. 잘못된 친구들끼리 만나서 행패를 부리는 조직이야. 학교폭력으로 자살하는 사건도 친구들끼리 만남에서 비롯된 것이 많아. 애초에 그런 친구들과는 만나거나 어울리지 말았어야 하는 건데 누가 그럴 줄 사전에 파악하기가 쉽지 않겠지? 너는 주위에서 친구 잘못 만나서 잘못되는 경우를 많이 볼 거야.

이런 때 흔히 "친구 때문에"라는 말을 많이 하지만 그 친구도 "친구 때문에"라는 말을 할 거야. 부모들도 마찬가지 심정일 거야. "친구를 잘못 사귀어서"라고 하면서 자기 자식이 아니라 상대방을 탓해. 이것은 잘못된 판단이며 현상이야. 친구가 되었으면 서로서로에게 영향을 주고받는 것이므로 똑 같은 평가를 받을 수밖에 없어.

동물은 같은 종류끼리 모이고 친구는 같은 부류끼리 사귀는 거야. 그러니 끼리끼리 어울리기 마련이므로 친구를 보면 그 사람을 알 수 있는 거지. 네 친구를 보면 네가 어떤 사람인지 알 수 있어.

인생에서 친구는 소중한 축복이고 행운이며 보물이야. 좋은 친구를 만나면 훌륭한 사람이 될 수 있고, 나쁜 친구를 만나면 영영 구제될 수 없는 실패한 인생으로 전락될 수 있는 거야.

한창 감수성이 예민한 사춘기 시기인 너에게 있어서 또래의 친구는 너의 인격 형성이나 생활에 엄청난 영향을 끼쳐. 친구 잘 만나서 잘 사귀는 것이 성적이나 생활, 성격 형성에 결정적일 수 있지.

친구의 우연한 자극이 인생의 전환점이 되는 경우가 많아. 친구의 한 마디 충고, 친구의 한 가지 행동에 자극을 받아서 인생행로가 바뀌어 버리는 경우가 종종 있어.

무한한 가능성이 펼쳐져 있는 중학시절에 사귄 친구는 인생을 살아가는데 큰 힘이 되고, 격려가 되고, 자극이 되고, 조언자가 되고, 의지할 수 있는 진정한 친구가 될 수 있어. 하지만 나쁜 친구를 만나면 영영 헤어날 수 없는 삶을 살게 돼.

정말 친구를 잘 사귀어야 해. 좋은 친구는 본받을 만한 사람이며 나쁜 친구는 나쁜 영향을 미치고 곤경에 빠지게 하는 자야. 부도덕하거나 어리석은 자와 어울리지 말아야 해. 접근해 오면 눈치채지 않게 멀리해버려.

무조건적으로 친구를 사귀어서는 안 돼. 친구가 많은 것이 바람직한 일이 아니라 좋은 친구를 단 한 명이라도 갖는 것이 중요해. 좋은 친구를 만나서 진정한 우정을 나눠야 해.

정직하고 성실한 친구를 사귀려면 자신이 먼저 좋은 친구감이 되어야 한다는 것을 명심하고 그렇게 되도록 노력하기를 바라.

제 3 장

방황할 수 있다
그래도 공부와 예의는 다해라

지금 그대 목표는 무엇인가?

미국의 유명한 수영선수였던 플로렌스 채드윅은 1950년 영국해협 20마일을 가로질러 프랑스에서 영국으로 헤엄쳐서 건넌 최초의 여성이다. 그리고 이듬해에는 영국해협을 영국에서 프랑스까지 수영으로 횡단했다. 1952년 당시 34살의 나이에 그녀가 세운 또 다른 목표는 카탈리나 섬에서 캘리포니아 서부 해안까지 21마일을 수영으로 횡단한 최초의 여성이 되는 것이었다.

1952년 7월 4일 미국 독립기념일 오전, 카탈리나 섬과 캘리포니아 해안에 이르는 바다 위에는 안개가 자욱했다. 안개가 어찌나 짙은지 상어들의 접근으로부터 그녀를 호위하는 보트들마저 시야에 들어오지 않았다. 피로는 큰 문제가 되지 않았지만 뼛속까지 얼어붙게 할 정도로 차가운 물의 온도가 문제였다. 그녀는 바다의 혹독한 추위를 무릅쓰고 헤엄쳐나갔다. 한 시간, 한 시간이 그렇게 흘러갔다. 백만 명이 넘는 사람들이 텔레비전 중계를 지켜보고 있었다.

플로렌스를 뒤따르는 보트 위에서 어머니와 트레이너가 그녀에게 기운을 불어넣었다. 그들은 그녀에게 "이제 얼마 남지 않았다"고 소리쳤다. 하지만 그녀의 눈앞에 보이는 것은 자욱한 안개뿐이었다.

15시간을 멈추지 않고 물살을 가르며 나아가던 플로렌스가 마침내 수온을 견디지 못하고 자신을 호위하던 배를 불렀다. 그녀는 차디찬 물속에서 보트로 끌어올려졌다.

나중에 그녀는 자신이 포기한 지점이 목표 지점에서 겨우 반마일 밖에 떨어지지 않은 곳이었다는 사실을 알게 되었다. 그녀는 자신이 멈춘 지점이 목표 지점으로부터 그토록 가까웠다는 사실을 알고는 아쉬워하면서 말을 꺼냈다.

"후회하진 않아요. 다만 제가 목표 지점인 육지를 눈으로 볼 수만 있었다면 나는 결코 거기에서 포기하지 않았을 거예요!"

그녀를 패배시킨 것은 추위나 피로감이 아니었다. 그것은 안개였다. 안개 때문에 그녀는 자신의 목표를 볼 수가 없었던 것이다.

두 달 뒤에 플로렌스는 다시 도전했다. 이번에도 똑 같은 짙은 안개가 시야를 가렸지만, 그녀는 상상을 통해 마음속에 분명하게 그려 갖고 있는 자신의 목표, 그리고 강한 확신을 가지고 헤엄쳐 나갔다.

그녀는 저 안개 뒤편 어딘가에 육지가 있음을 상상했으며, 이번에는 해낼 수 있는 자신감이 있었다. 그리하여 플로렌스 채드윅은 카탈리나 해협을 헤엄쳐서 건넌 최초의 여성이 되었다. 그것도 남자가 세운 기록을 두 시간이나 단축시키면서!

그대는 목표를 향하여 무작정 출발해서는 안 된다. 목표가 무엇인지 먼저 명확하고 구체적으로 알고 마음에 새기고 또 새겨야 한다. 목표 설정은 네가 달성하고자 하는 목표의 방향을 잃지 않게 하는 네 마음속의 '북극성'이다.

명확한 목표가 있는 사람은 어려운 상황에서도 앞으로 나아가고, 목표가 없는 사람은 쉬운 상황에서도 앞으로 나아가지 못한다.

만약 중학생인 그대가 아직도 목표를 가지고 있지 않다면, 도착할 목적지도 없이 망망대해를 이리저리 표류하는 것과 전혀 다를 바 없는 중학시절을 보내고 있을 뿐이다.

목표를 정해라.

한 마라톤 선수가 있었다. 그는 한 번도 완주하지 않은 경우가 없으며 자주 우승을 차지했다. 언론에서는 그를 타고난 마라톤 선수라며 격찬했다. 권위 있는 마라톤 대회에서 우승한 그에게 기자가 물었다.

"매번 마라톤 코스 42.195킬로미터를 완주하는 것조차 힘들지 않습니까? 그런데도 결승테이프를 끊는 비결은 무엇입니까?"

그는 미소를 지으며 대답했다.

"비결은 간단합니다. 바로 출발점부터 결승점까지를 몇 단계로 나누어 뜁니다. 첫 번째 단계를 마칠 무렵 '첫 번째 단계는 성공했어! 이제 다음 단계로 가는 거야!' 하고 내 자신을 격려합니다. 각 단계를 다 뛰었을 때마다 성취감을 느끼면 지치지 않습니다. 이렇게 뛰다보면 어느새 결승점에 와 있지요."

그대가 장기적인 목표에 도달하는 길은 단기적인 목표를 성취함으로써 장기적인 목표에 더욱 가까워지고 있다는 사실을 기억해라.

하나의 목표를 달성하고 더 높은 목표를 설정하게 되더라도 자신감이 늘고 능력이 향상되고, 더 많은 일을 하게 되고, 그 과정에서 더 많은 즐거움을 느끼게 된다.

장기적인 목표는 중요하다. 장기적인 목표가 없으면 그대는 단기적인 좌절을 극복할 수 없다. 가끔 그대는 목표를 추구하면서 어찌할 수 없는 상황에 부딪친다. 이때 만약 그대에게 장기적인 목표가 없으면 일시적인 장애물을 만날 때 좌절할 수도 있다. 단기적인 목표 달성은 장기적인 목표 달성을 낳는다.

어떤 일을 하는 데는 반드시 목표가 필요하다. 목표는 비록 힘든 가운데에서도 참고 노력하게 하는 힘이다.

지금 당장의 목표인 '공부'에 대하여 "내가 왜 공부하지?"를 스스로에게 묻고 확실하게 답할 수 있어야 한다. 그렇지 않으면 부모가 공부하라고 하니까 공부하고 주변 또래들이 공부하니까 마지못해 공부하는 꼴이다 이렇게 되면 공부에 흥미를 가질 리 없으니 좋은 성적이 나올 리도 없다. 목표가 없으면 공부의 방향을 잃기 쉽다.

목표가 없는 공부는 쉽게 포기하게 되고 노력해도 좋은 효과를 얻기 힘들다. 어디로 가려는지 목적지도 없이 배를 출항하는 행위와 다를 것이 없다. 하나의 목표를 향해 노력할 수 있을 때 더욱 집중할 수도 있고, 그 목표를 성취하려는 열정을 불태우게 된다.

목표는 자기의 능력으로 도달하기 어려운, 약간 높여서 설정하는 것이 좋다. 쉽게 도달할 수 있는 목표는 하지 않아도 달성하겠구나하는 생각이 들어 나태하게 하고, 지나치게 높은 목표는 쉽게 지쳐서 포기하게 만든다. 자기의 능력보다 약간 높은 목표를 설정하고 그에 충분히 도달할 수 있겠구나 싶을 때는 목표를 다시 높이는 것이다.

목표란 변하지 않는 것이 아니라, 중학시절이 지나 점점 상급 학교에 진학할수록 적성이나 능력, 주변 여건 등에 따라 점점 변화한다. 예를 들면 중학시절에는 어떤 특정 직업이나 일을 인생 목표로 세웠다가 점점 다른 직업이나 일로 인생 목표를 수정하는 경우가 많다. 이런 변화를 예측하면서 현재의 상황에서 자신이 생각하는 목표를 세워라.

계획은 목표를 이루는 사다리다

계획은 현재 있는 위치에서 목표로 올라가는 길을 연결하는 사다리와 같다. 계획은 목표를 향한 지도이자 지침서이며 설계도다. 계획은 그대가 어디로 가고, 무엇을 하고, 정해진 시간에 어디에 도착해 있을 것인지를 알려준다.

만약 그대가 아무런 계획도 세우지 않고 목표가 달성되기를 기대해서는 안 된다. 시간 관리가 중요하다. 시간 관리를 잘하는 요령은 계획을 세우는 것이다. 계획에 투자되는 시간은 아끼지 말아야 한다.

계획을 구체적으로 세분화하여 실천하고 결과를 반성해야 한다. 계획을 느슨하게 해놓으면 실천하는 것도 느슨해진다. 계획을 구체적으로 해야 실천도 구체적으로 되는 것이다. 실천한 후에는 잘한 것은 더욱 열심히 하고 잘못한 것은 개선하도록 해야 발전이 이루어진다.

목표를 이루기 위해 계획을 세워라.

공부는 흔히들 마라톤에 비유한다. 마라톤에서 처음 조금 뒤처진다고 계속해서 뒤처지는 것이 아니다. 중간에 따라갈 수 있고 마지막 결승점에 누가 빨리 골인하느냐가 문제다. 이처럼 지금 성적이 좋지 않다고 계속 떨어지는 것은 아니다. 그렇다고 지금 성적이 좋다고 해서 계속 유지되거나 올라가는 것도 아니다. 점점 성적이 올라가도록 하자. 그러기 위해서 구체적이고 실천 가능한 공부 계획을 세우자. 효율적인 공부 계획은 어떻게 세워야 할까?

1

장기 계획과 단기 계획으로 나눠라

장기계획은 월별로 대략적인 스케치를 하되 두 달 간격으로 나누어 생각해 보는 것도 필요하다. 1기 3, 4월은 부족한 분야 집중적인 공부, 2기 5, 6월은 중간고사와 슬럼프 극복, 체력관리에 중점을 두고 1기의 공부를 계속하며 공부 방법을 중간 검토해 본다. 제3기에 최후의 승부를 내는 시간으로 부족한 영역의 마지막 보강 기회, 제4기 9, 10월은 실전 연습과 정리에 초점을 둔다.

단기 계획은 일주일 계획과 매일 아침 계획을 세운다. 단기 계획은 시간 계획도 필요하지만 구체적으로 세워서 그 날 공부해야할 것들을 미리 정리해서 하나씩 실천해 나간다. ○○영역 ○시간 공부한다는 계획보다는 ○○영역 ○○책 몇 페이지부터 몇 페이지까지 본다는 식으로, 공부 시간보다 공부 양을 기준으로 계획을 수립하는 것이 좋다. 시간적으로는 쉬는 시간이 부족할 정도로 약간 무리하게 짠다. 그리고 실천하지 못하는 것은 잠을 줄여서 보충한다. 그러고도 해결하지 못하는 것은 토요일이나 일요일로 미룬다. 어쨌든 그 주를 넘기면 곤란하다.

2
학습량 중심으로 계획해라

몇 시부터 몇 시까지는 공부, 식사, 휴식, 운동으로 나누어 학습 계획표를 짜면 실패할 확률이 높다. 학습 계획표는 공부, 식사, 휴식, 운동 등으로 막연하게 짤 것이 아니라 학습량 중심으로 짜라. 학습 계획표를 세우려면 어떤 목표를 얼마만큼의 시간을 투입하여 어떤 방법으로 해 나갈 것인지 구체적인 계획을 세워라.

예를 들어 무슨 과목을 어떤 교재로 몇 시간 동안 공부할것인지 정한다. 예를 들어 250페이지 분량의 영어 단어집을 한 달 안에 외우기로 했다면 하루에 10페이지씩을 몇 시부터 몇 시까지 공

부한다는 식으로 구체적으로 정해라. 그러면 한 달 중에 25일 소요
될 것이다. 여유가 남는 5일을 일주일에 한 번씩 복습하는 날로 배
치하는 등 너무 빡빡한 계획보다는 여유를 가지고 실현가능하도록
해라.

만약 계획표대로 실천되지 않는다면 그 이유를 분석하여 수정
계획표를 짜라.

집중! 또 집중해라

사자가 얼룩말을 사냥할 때 무리 속으로 무작정 뛰어드는 듯이 보이지만 미리 특정 표적을 갖고 있다. 앞에 여러 얼룩말들이 이리저리 뛰어다니고 있어도 사자의 눈은 첫 목표물에 고정되어 있다. 첫 목표물에 비해 더 먹음직스러운 얼룩말을 발견하더라도 표적을 바꾸지 않는다.

아무리 약한 사람이라도 단 하나의 목적에 힘을 집중시키면 성취할 수 있지만, 아무리 강한 사람이라도 힘을 여러 목적에 분산시키면 아무 것도 성취할 수 없다. 학생인 그대의 현재에 가장 중요한 목표는 '공부'다. 공부에 초점을 맞춰라.

돋보기로 햇빛을 모으는 과정을 상상해 보면 집중을 이해하기 쉽다. 돋보기를 이리저리 움직이면 햇빛의 힘은 분산되어 흐릿해진다. 그러나 돋보기를 고정시키고 적당한 높이에서 정확히 초점을 맞추면, 집중되고 분산되었던 그 빛은 갑자기 불을 일으킬 정도로 강해진다. 렌즈가 불을 일으키는 힘은 초점을 유지하는 집중에서 나온다.

학습 효과는 공부할 때의 집중된 에너지에 의해 결정된다. 다섯 시간을 집중하지 않고 어수선하게 공부하는 것보다 한 시간을 정신을 집중하여 공부하는 것이 훨씬 학습 능률이 높다.

어느 학생을 보면 하루 일과 중 공부하는 시간이 대부분인데 성적이 오르지 않는 경우가 있다. 그 학생은 공부와 노는 것이 구분되지 않는다. 분명히 책상에 앉아 책을 펼쳐들고는 있지만 머릿속은 공부가 아니라 다른 생각을 하고 있는 경우다. 이는 공부하는 것도 아니고 노는 것도 아니다.

이런 경우에는 차라리 책상에서 일어나 지금 생각하고 있는 일에 집중해라. 그런 다음에 공부에만 집중할 수 있을 때 공부에 임해라. 그래야 정신 건강에도 좋고 공부도 효율적이다.

어느 학생은 운동도 열심히 하고 놀 때는 열심히 놀면서 공부하는데도 공부를 잘 하는 경우가 많다. 이것은 공부하는데 쏟는 집중력 때문이다. 사실 이런 학생이 공부를 잘한다. 왜냐하면 현재 하는 일에 항상 집중하기 때문이다.

공부할 때는 공부에 집중해야지 공부하는 것도 노는 것도 아니어서는 안 된다. 공부할 때는 공부에 몰두하고 놀 때는 노는 것에 몰두해야 한다.

집중에 대하여 공부와 연관시켜 괴로움을 떠올릴지 모르겠지만 재미있는 영화나 게임할 때를 생각해봐라. 자신이 즐기는 어떤 것에 빠져들면 자연스럽게 집중하게 된다는 사실을 깨닫게 될 것이다.

중학시절에 집중하는 습관을 기르지 않으면 고등학교에 가서도 마찬가지 습관으로 성적이 오르지 않으며. 대학 가서도 마찬가지다. 요행히 직장에 취직을 하더라도 자신이 하는 일에 집중하지 않기 때문에 능률이 오르지 않아 일 잘하는 사람으로 평가 받을 수가 없을 것이다. 바로 지금 하고 있는 일에 몰두하는 습관을 들여라.

집중하여 공부하기 위해서는 어떻게 해야 할까?

1

공부 장소를 선택해라

집에서 공부가 잘 되거나, 독서실, 도서관, 학교 교실 등 자신의 취향에 따라 집중이 잘 되는 곳이 있다. 가능한 한 자신이 학습 능률이 높은 곳으로 판단되는 곳에서 학습 시간을 늘려라. 대부분

공부할 때는 공부에 집중해야지
공부하는 것도 노는 것도 아니어서는 안 된다.
공부할 때는 공부에 몰두하고
놀 때는 노는 것에 몰두해야 한다.

개방된 공간보다는 폐쇄된 공간이 집중이 잘된다. 도서관에서는 창에서 떨어진 곳이나 친구들이 걸어가는 것을 볼 수 없는 곳이 공부하기에 좋다. 또 개인마다 집중이 잘되는 시간대가 있는데 이 시간을 학습에 최대한 잘 활용해라.

2

학습목표를 명확히 해라

모든 과목에는 학생들이 반드시 알아야 할 학습목표가 있다. 학습목표가 바로 핵심이다. 핵심을 정확히 이해하고 있지 못하면 공부를 제대로 하지 않은 것이다. '이 단원의 학습목표를 이해하기까지는 반드시 공부하고 쉬겠다'는 각오를 해라.

3

유혹거리를 제거해라

공부를 방해하는 유혹거리가 계속해서 발생하게 놔두지 말고 미연에 방지해야 한다. 전화기 전원은 끄고, 책상에는 불량 만화책이나 게임 잡지, 연예인 사진 등 공부에 방해되는 물건을 두지 마라. TV를 켜 놓는 것은 금물이며, 가사가 있는 음악도 집중력을 흐리므로 피하는 것이 좋다. 공부하는 중간의 휴식 시간에 TV 시청이나 컴퓨터게임, 이메일 보내기 등은 일단 시작하면 짧은 시간 내 멈추기 어렵기 때문에 하지 마라.

4

긍정적으로 생각해라

공부를 열심히 하면 성적이 오르고, 자신이 목표로 하고 있는 무엇이 될 수 있다는 긍정적인 생각을 해라. 그래야 하고자 하는 의욕이 생기고 집중하게 된다.

5

편안한 마음을 가져라

쓸데없는 생각이나 긴장을 떨쳐버리고 마음의 평화를 찾아야 한다. 잡념이 생기거나 피곤하면 맨손 체조나 음악을 듣거나, 노래를 부르거나 세면으로 기분 전환을 하는 것이 좋다. 배에 손을 얹고 코로 깊이 숨을 들여 마시고 입으로 내쉬는 복식호흡도 도움이 된다. 때로는 영화를 보거나 산책을 하면서 스트레스를 풀어라. 마음의 고민 등 심리적인 영향으로 집중이 어려운 경우에는 부모나 교사, 선배, 친구들과 터놓고 이야기해서 고민을 해결해라.

공부에도 일에도 우선순위가 있다

교사가 학생들에게 강의를 시작하면서 운을 뗐다.

"자, 실험을 한 번 해볼까요?"

교사는 준비된 커다란 항아리를 테이블 위에 올려놓았다. 그리고 주먹 크기의 돌을 꺼내 항아리 속에 하나씩 넣기 시작했다. 항아리에 돌이 가득하자 그가 물었다.

"이 항아리가 가득 찼습니까?"

학생들이 이구동성으로 "예" 하고 대답했다.

그러자 교사는 "정말?" 하고 되묻고 나서, 미리 준비된 자갈을 항아리에 넣고 흔들었다. 돌 사이에 자갈이 가득차자, 다시 물었다.

"이 항아리가 가득 찼습니까?"

눈이 동그래진 학생들이 "글쎄요"라고 대답하자, 이번에는 모래 주머니를 풀고 나서는 돌과 자갈 사이의 빈틈을 모래로 가득 채운 후에 다시 물었다.

"이 항아리가 가득 찼습니까?"

뭔가를 알아차린 듯 학생들은 "아니요"라고 대답하자, 교사는 "그렇습니다"라고 말하면서 물을 항아리에 부었다. 그러고 나서 학생들에게 물었다.

"이 실험은 어떤 의미가 있다고 생각합니까?"

학생들은 서로가 눈치만 볼뿐 아무도 대답하지 못하자 교사가 말을 이어갔다.

"이 실험의 의미는 큰 돌을 먼저 넣지 않는다면, 큰 돌을 넣을 수 없다는 것입니다. 일에는 우선순위가 있다는 것을 강조하고 있습니다."

명확한 우선순위를 설정하는 것은 일 처리의 핵심이다. 쓸데없는 노력과 성취하지 못한 과제는 우선순위를 잘못 세운데서 비롯된다. 모든 성공은 우선순위를 제대로 잡은 다음에 일이 끝날 때까지 한눈을 팔지 않은 결과다.

그대는 일에 앞서서 무엇을 할 것인가를 정확하게 짚어내고, 그것을 우선순위에 따라 배열하고 순서에 따라 처리해 나가야 한다. 그렇게 하는 것이 시간도 절약하면서 원하는 결과를 얻는 첩경이다.

사람들은 쉬운 것부터 먼저 하려고 한다. 그러다보면 어렵거나 지루한 것은 계속 미뤄지기 마련이다.

공부의 경우에도 쉬운 과목을 먼저 하게 되면 쉬운 과목을 하면서도 '어렵거나 지루한 과목을 해야 하는데' 하고 의식을 하기 때문에 쉬운 과목에도 집중해지지 않는다. 어렵거나 지루한 과목을 먼저 해 버리면 홀가분한 마음으로 쉬운 과목에 집중할 수 있게 되는 것을 실천해보면 금방 느낄 것이다.

예를 들어 수학 문제만 보면 잠이 오는 학생이라면 맑은 정신일 때 수학 공부를 먼저 하도록 해라. 많은 학생들이 좋아하는 과목을 먼저 공부하려는 경향이 있다. 하지만 가장 어렵다고 느끼는 과목일수록 가장 많은 노력을 필요로 한다. 제일 어려운 과목은 제일 먼저하고 좋아하는 과목은 아껴두었다가 나중에 해라.

제일 중요하고 가치 있는 일을 우선적으로 해라.

기억보다 기록이 중요하다

현대사회는 '얼마나 많이 기억하고 알고 있는가?'가 아니라 '얼마나 많이 창조할 수 있는가?'가 성공을 결정하는 시대다. 무엇인가를 기억하기 위해 고민하는 사람보다는 무엇인가를 창조하기 위해 노력하는 사람이 성공한다.

'레오나르도 다 빈치의 노트'는 유명하다. 그는 찰나를 스치는 아이디어나 관찰을 기록하기 위해 늘 노트를 갖고 다녔다. 미처 정리되지 않았더라도 순간순간의 생각과 느낌들을 기록해 놓으면 이것이 자산이 된다. 500년 전 기록된 레오나르도 다 빈치의 노트에서 오늘날에도 활용되는 수많은 아이디어와 창의성이 발견되었다.

기록을 잘한다는 것은 핵심을 이해하고 있다는 것이다. 중학시절의 기록하는 좋은 습관이 장래에 사회에서의 성공에 큰 역할을 한다.

성공하는 사람은 필기도구를 손에 잡고 생각하는 '메모광'이다. 한마디로 손이 부지런한 사람이다.

현재의 지식정보사회에서 정보와 지식이 삶의 필수 에너지로 작용한다. 매일 수많은 정보와 지식을 입력하고 처리하면서 의사를 결정하고 그에 따라 행동한다. 하지만 그 수많은 정보와 지식을 기록하지 않으면 마냥 기억할 수 없어 내 것이라고 할 수 없다.

현대인이 정보전쟁에서 승리하는 비결은 간단하다. 남보다 두뇌를 활성화시키는 것이다. 두뇌를 잘 활용하려면 두뇌를 기억과 저장 기능으로 쓰지 말고 창조적으로 써야 한다. 일상에서 떠오르는 생각들을 메모하는 습관으로 귀중한 아이디어를 놓치지 말아야 한다.

대뇌 과학자들은 '손은 제2의 뇌' 또는 '손은 밖에 나와 있는 뇌'라고 표현한다. 메모를 해놓으면 기억에 대한 부담이 없기 때문에 마음이 가벼워진다. 기억을 지배하는 것은 기록이다. 사람들은 대부분 잊지 않기 위해 메모한다. 기록하는 습관을 들여야 한다.

일반적으로 기록을 잘하려면 어떻게 해야 할까?

• 즉시 메모해라

항상 메모장과 필기도구를 휴대하고, 정보를 얻거나 아이디어가 떠오를 때마다 즉시 메모해야 한다. 아이디어는 때를 가리지 않고 떠오른다. '나중에 정리해야지' 하고 미루다 보면 금세 잊어버린다.

- 본인만 알아볼 수 있으면 된다

특별히 정해진 형식이 없다. 주요 단어나 기호만으로도 충분하다. 메모는 남에게 보여주기 위한 것이 아니므로 본인만 알아볼 수 있을 정도면 되며 간단하게 하는 것이 좋다.

- 한 권에 해라

한 권에 하는 것이 효율적이다. 몇 가지로 나누어 사용하면 어디에 어떤 내용을 적었는지 정작 필요한 때에 빨리 찾지 못한다.

- 기록을 수시로 보는 습관을 길러라

메모를 효과적으로 활용하려면 먼저 수시로 기록을 보는 습관을 가져야 한다. 수첩에 자신이 좋아하는 사진을 두는 것도 한 방법이다.

- 종류를 나누어 작성해라

'처리할 일', '기억해야 할 일'로 나누어 작성하는 것부터 시작한다. 그리고 자신이 나름대로 분류할 수 있는 종류별로 메모하면 효율적이다.

- 다양한 도구를 활용해라

필요에 따라 화이트보드, 포스트잇, 휴대전화의 수첩 기능, PDA나 전자수첩을 활용하고 급한 경우에는 눈에 잘 띄는 손등에라도 메모한다.

❧

학창 시절 가장 중요한 기록은 노트 필기이다. 효율적인 노트 필기는 어떻게 해야 할까?

노트 필기의 목적은 중요한 내용을 요약하여 정리하고 수업이나 학습 당시를 떠올리면서 복습하기 위함이다. 중요한 것은 글씨를 잘 쓰느냐 못쓰느냐가 아니라 핵심적인 내용이 반드시 포함되느냐이다. 노트는 자신이 보는 것이므로 읽을 수만 있으면 된다.

노트 필기는 들여쓰기를 하는 것이 좋다. 큰1번, 작은1번, 더 작은1번으로 하던지 가, 나, 다를 혼용하던지 하여 상위개념과 하위개념을 잘 분류해라. 그래야 내용의 흐름과 이해도를 높일 수 있으며 암기력을 높일 수 있다.

노트 필기는 수업 집중에도 도움이 된다. 선생님의 강의를 하나도 빠짐없이 적는다는 생각으로 노트 필기를 하면 수업 집중 효과를 거둘 수 있는 것이다. 선생님이 판서한 것뿐만 아니라 설명한 내용 중에서도 중요한 내용을 필기하면 수업 내용 이해도를 극대화시킬 수 있다.

선생님이 판서한 것은 검정색, 자신이 보충한 것은 파란색, 또 중요한 것은 빨간색 등으로 색을 쓰는 것도 좋다. 그러나 색깔이 4개 이상일 경우 혼란스러울 수 있다.

1

수업을 모두 받아 적겠다는 자세를 취해라

이런 자세를 취하면 수업시간에 집중하게 된다. 그렇지 않고 슬렁슬렁 필기를 하거나 아예 스마트폰으로 녹음을 해놓고 나중에 보면 되지 하는 자세를 취하지 마라. 나중에 확인도 하지 않을 뿐 아니라 확인한다고 하더라도 효과가 없다. 수업시간에 집중하지 않은 학생이 녹화된 내용에 집중할 리가 없는 것이다. 수업시간에 집중하는 자세가 중요하다.

수업시간에 노트 정리를 하지 않고 친구의 노트를 빌리거나 나중에 참고서를 보면 된다고 생각하는 학생도 있지만 자신이 필기하지 않은 것은 이해하기 어렵다. 자신이 직접 필기한 것은 이해를 바탕으로 필기하는 것이다. 자신이 필기한 노트로 완전히 이해하고 난 다음에 참고서를 보면 훨씬 이해가 빠르고 보충적인 내용을 훨신 쉽게 습득할 수 있다.

수업에서의 노트 필기는 수업의 집중도를 재는 바로미터다. 수업을 절대로 소홀히 하지 마라. 선생님이 설명하는 내용을 즉시 요약 정리하여 빠짐없이 필기해라. 교과서와 노트 정리만 가지고도 수업 내용을 이해할 수 있다. 이해하지 않고 외우는 것은 오래가지 못한다. 교과서의 내용과 그 내용을 설명해주는 선생님들의 말씀을 잘 정리하는 것이 가장 기본적인 일임을 명심해라.

2

예습-수업-복습으로 이어서 해라

노트를 단지 수업시간에 필기하고 복습시간에 한 번 훑어보는데 그치는 것으로 생각하지 마라. 더욱이 예습할 때 노트를 활용해서 공부하는 예는 드물다. 그러나 학습의 강도를 높이고 효과를 얻기 위해서는 예습-수업-복습으로 이어지는 종합적인 노트 정리가 필요하다.

왜냐하면 이것은 예습할 때 학습 내용이 자신의 힘으로 어느 정도 이해할 수 있었는지, 수업 중에 이해한 것은 무엇인지, 복습할 때 내용 정리는 어떻게 했는지를 일목요연하게 보여주는 역할을 하기 때문이다.

나중에 노트를 기준으로 총 복습을 할 때에도 편리하고 수시로 자신의 학습 이해도를 파악하는데 있어서도 유익하게 활용된다. 특히, 예습, 수업, 복습 내용을 펜의 색을 구별해서 기입하면 효율적인 학습 방법이 될 수 있다.

3

지나치게 빽빽하게 필기하지 마라

좁은 공간에 너무 많은 내용을 적어 놓으면 나중에 공부할 때 알아보기에도 힘이 들고 공부할 마음도 쉽게 일어나지 않는다. 나중에 보충하여 쓸 수 있는 공간을 마련해 두라. 그래야 수업시간에 필기한 선생님의 강의 내용을 충분히 보충 설명하듯이 적을 수 있다. 노트를 처음부터 끝까지 일률적으로 쓰면 보기에도 불편하고 학습 효과에도 큰 도움이 안 된다. 요령 있는 사람은 어디에 어떤 내용을 쓰고 무엇을 어떻게 배치할까를 분명하게 생각해서 노트 작성을 한다.

4

직접 문장을 만들어라

수업 내용 이외에 예습 복습 설명 등은 자신이 직접 문장을 만들어서 적어라. 여기서 문장을 가능한 간결한 문체로 자신만이 알아볼 수 있게 쓰되, 내용을 확실하게 적는다. 불확실한 해석이나 설명은 학습에 혼란을 초래하기 때문이다.

반복되는 내용이나 조사 등은 생략하는 것이 합리적이다. 특히 예습 복습 시에 학습 요점이나 중요 사항을 다른 형식으로 자주 써 보는 것은 주관식 문제에 대한 대비책이 된다. 그러므로 예습에서 의문 내용을 문제화시키고 복습에서 답하는 연습을 많이 해라.

5

기억을 되살릴 수 있도록 해라

단지 글자만 널려 있는 노트를 한 번 보고 금방 그 내용을 기억해 내는 사람은 지극히 드물다. 따라서 마치 사진을 들여다보면 옛

날 기억들이 하나 둘씩 떠오르듯 노트에도 기억을 되살릴 수 있는
장치가 필요하다.

이를테면 필기한 날의 날짜, 요일, 날씨, 선생님의 질문과 급우들
의 대답 내용 등이 바로 기억 재생 장치가 될 수 있다. 심지어 어떤
학생은 선생님이 수업 내용 이외의 지나가는 말로 들려준 이야기
까지 정리해서 적어놓기도 한다. 이 모두가 수업시간에 학습한 내
용들을 쉽게 기억해 내기 위한 노력들이다.

6

노트를 깨끗하게 사용하려고 하지 마라

노트를 깨끗이 사용한다고 해서 틀린 글씨나 내용을 지우개나
수정액 등으로 지우고 다시 쓰는 경우가 많다. 그러나 이것은 일종
의 시간 낭비에 지나지 않는다. 틀린 부분들에 대해서는 재빨리 선
을 그어 지우고 그 밑에 다시 쓰는 방법을 취해 시간을 절약해라.
특히 예습에서 공부했던 것과 수업시간에 다시 풀 것의 답이 서로
다를 경우, 예습 내용의 답을 고치되 그 흔적을 남겨두자. 그래야
다음에 복습할 때 자신의 예습 내용이 왜 틀렸는가를 알 수 있다.

7

노트를 흥미롭게 꾸며라

문장으로 모든 내용을 다 설명하는 데에는 한계가 있다. 복잡한

관계, 시대의 흐름 등은 단순히 말로 나타낼 것이 아니라 그림, 도표, 연표 등을 사용해서 나타내는 것이 효과적이다. 경우에 따라서는 사회 과목의 지도, 국사 과목의 연표. 생물 과목의 그림 등과 같이 교과서나 참고서에 나오는 그림과 표를 복사하여 노트에 오려 붙이는 방법도 좋다.

길을 갈 때 교통 안내 표지판을 이용하는 것처럼 노트 정리에도 장황한 해설보다는 단순한 기호를 사용하는 것도 효과적인 학습 방법이다. 자주 나오는 지시나 주의 사항을 기호로 표시해 두면 후에 복습할 때에 도움이 된다.

노트는 자신이 매일 보는 것이기 때문에 너무 딱딱하게 쓰면 간혹 지겨울 때가 있다. 이런 느낌을 줄이려면 혼란스럽지 않은 범위 내에서 노트를 재미있게 꾸며 볼 필요가 있다. 내용 중간 중간에 삽화나 만화 등을 그려 넣는 것도 좋을 듯하다.

8

중요한 부분을 표시해라

노트 필기에서 중요한 부분이나 내용 등을 다른 색을 사용해서 쓰거나 밑줄을 그어 놓으면 다른 부분보다 훨씬 눈에 잘 뛰므로 생각해 내기 쉽다. 특히 형광펜을 칠해 놓으면 그 부분에 대한 인상은 더욱 강해진다. 그러나 너무 다양한 색 혹은 많은 부분을 형광펜이나 다른 색 펜으로 강조해 놓으면 학습에 혼란만 일으키고 오히려 역효과를 주기도 한다.

보통 노트로 공부하다 보면 덜 중요함에도 불구하고 밑줄을 그은 경우가 생긴다. 그러면 어느 부분이 더 중요하고 덜 중요한 것인지에 대한 구분이 모호해진다. 형광펜이나 다른 색으로 밑줄을 그을 때에는 수업 중에 강조되었거나 정말 중요해서 반드시 암기해야 할 내용인 경우에만 혼란스럽지 않게 깔끔하게 줄을 긋자.

9

끈기를 가지고 작성하고 활용해라

학기 초반에는 그런대로 많은 학생들이 성의껏 노트 필기를 한다. 그러나 학기 중반에 접어들면서 과제물 준비하랴 시험 준비하랴 바쁘다 보면 한두 장 밀리게 되고 그러면 차츰 노트 필기에 소홀하게 된다. 이렇게 되면 결국에는 예습, 복습을 친구 노트 복사물이나 해설이 많이 되어 있는 참고서에 의존할 수밖에 없는 상황에 처하게 된다.

그러므로 노트 필기는 마음만 가지고 되는 것이 아니라 어떤 마음 자세로 끈기 있게 하느냐가 중요하다. 그리고 잘 정리된 노트 자체보다도 그것의 활용이 더 중요하다.

책을 가까이 해라

그대, 한 달에 학습 관련 도서 말고 교양 도서를 몇 권이나 읽는가? 읽는다면 인생에 지침이 되는 독서를 하고 있는가? 책을 사는데 지출하는 비용은 얼마나 되는가? 게임하는 비용보다 훨씬 적은 것 아닌가?

시간적인 여유가 있는 중학시절에 책을 많이 읽어야 한다. 요즈음 젊은이들이 몸짱이 되기 위해 운동을 하면서 몸을 가꾼다. 물론 이것도 중요하지만 독서를 통하여 생각의 근육도 키워야 한다. 고등학교에서는 학업 좇아가기에 허겁지겁하여 학습과 관련이 없는 독서는 하기가 쉽지 않다.

독서를 통해 자신의 롤 모델을 찾아 그 사람처럼 되어야겠다고 마음먹는 경우가 많다. 또한 책을 많이 읽어야 지식으로 무장한 품위 있는 사람이 될 뿐만 아니라 달달 교과서만 외운 학생보다는 훨씬 학습 효과가 뛰어나다.

책 한 권이 그대의 인생을 바꿀 수 있다. 한 줄의 글귀가 마음에 불을 지펴 열정을 북돋울 수 있고, 예상치 못한 곳에 노력을 쏟도록 이끌고, 마음에 평정을 가져와 인생의 획을 바로 잡아준다. 항상 책을 가까이 해라.

책은 인생의 좋은 스승이며 세상의 모든 지식은 책 속에 있고 책을 통해 살아가는 간접 경험을 할 수 있다. 지식을 넓혀 자기 자신을 재창조하는 기본 방법은 독서다. 더 나아가 독서는 지혜의 원천이다.

책은 세상의 정보와 지식들을 알려준다. 책을 읽지 않으면 정확하고 깊이 있는 정보와 지식을 얻어내기가 어렵다. '독서는 취미도 선택도 아닌 숨 쉬는 것과 같다'는 것을 명심하면서 독서를 평범한 일상으로 받아들이면서 즐거움을 느껴야 한다.

중학시절에는 어떻게 독서를 해야 할까?

- 재미있는 소재의 책부터 시작해라.
- 골라서 읽어라.

- 정독해라.

- 책을 더럽게 만들어라.

- 독서 노트를 만들어라.

중학시절의 독서는 무작정 할 수 없다. 목적이 있어야 하는데 가장 중요하고 급선무가 논술을 위한 독서일 것이다. 논술을 위한 독서를 하다보면 자연히 성적도 올라가고 글을 쓰는 능력도 향상된다.

논술을 잘하기 위한 독서는 어떻게 해야 할까?

1
교과서를 5단계로 나누어 읽어라

논술을 잘하려면 교과서를 완전히 숙지하는 것이 기본이다. 논술의 주제는 대개 교과서를 크게 벗어나지 않는다. 교과서 읽기는 속독-메모-정독-암기-복습의 5단계로 해라.

- 1단계 : 속독으로 전체의 대략적인 내용을 파악해라. 공부할 범위의 교과서를 목차 중심으로 처음부터 끝까지 쭉 훑어 읽어라. 읽다가 모르는 것이 나와도 흐름을 파악하면서 그냥 넘어가라. 이 과정을 반복하여 지속하면 교과서 내용을 이해하고 암기하는 능력이 향상됨을 알 수 있을 것이다.

- 2단계 : 책을 속독한 뒤 주제가 무엇인지 그리고 궁금한 것들을 종이에 메모해라.

- 3단계 : 밑줄을 그어가며 읽는 정독 단계이다. 호기심이 일었거나 이해가 되지 않았던 부분을 집중적으로 읽어라. 주요 개념을 파악하고 읽다가 이해되지 않는 단어나 문장, 내용이 나오면 반드시 이해하고 넘어가라.

- 4단계 : 완전한 이해를 통한 암기 과정이다. 내용의 이해와 흐름을 머릿속으로 그린 뒤 그 내용을 숙지하고 필요한 경우에는 도식으로 정리하여 주요 내용이나 개념을 암기해라.

- 5단계 : 복습 과정이다. 책을 읽으면서 밑줄 친 부분을 다시 한 번 읽고 이해하면서 암기한 것을 다시 한 번 확인해라.

2

다양한 독서는 필수적이다

논술 공부의 핵심 축 중의 하나는 독서다. 논술의 기본인 독해를 향상시키기 위해 다방면의 독서를 해라. 논술은 자신의 의견을 다른 사람에게 설득시키는 글이다.

자신의 주장 근거를 쉽게 찾을 수 있는 곳이 책이다. 책을 읽으면 글의 구조를 이해할 수 있고 각종 지식과 정보를 얻을 수 있다. 그러므로 논술을 잘 하려면 책 읽기가 필수적이다.

독서가 평범한 일상으로 받아들여질 때 글쓰기도 일상처럼 자연

스러워질 수 있다. 억지로가 아닌 '읽는 것의 즐거움'을 위한 독서
여야 한다.

　논술을 염두에 두고 독서 프로그램을 짜라. 독서와 논술이 시스
템으로 만나야 한다는 말은 초등 독서와 중등 독서 논술, 고등 논
술로 이어지는 과정이 유기적으로 연결되어야 한다는 점을 뜻한다.

3

책을 읽고 독해력을 길러라

　무조건 많은 책을 읽는다고 논술을 잘하는 것은 아니다. 논술에
약점을 보이면 책을 많이 읽지 않아서 못한다고 생각하지만, 그렇
지 않은 경우도 많다. 독서량이 풍부하면 글의 흐름이나 논지를 이
해하는 등의 분명한 장점을 지니게 되지만 논술시험을 통해 요구
되는 것은 주어진 글이 문학. 비문학. 영어. 도표자료 등 무엇이든
간에 의미를 해석해 낼 수 있느냐의 독해력이다. 독해력은 독서 능
력과는 다르다. 읽고 의미를 이해하고 중심 내용을 정확하게 파악
하는 훈련을 해라.

4

독해력에서 나아가 분석력을 키워라

　독해력에서 한발 더 나아가 분석력을 기르는 것이 바람직하다.
분석은 주어진 글을 통해 글쓴이가 말하고자 하는 바를 추론해 정

리하는 능력과 묻고자 하는 출제자의 의도를 정확하게 파악하는 능력이다. 일반적으로 이러한 분석을 가능케 하기 위해서는 다양한 지식과 사회에 대한 관심이 필요하다. 따라서 고전을 비롯한 문학 작품과 신문이나 시사 잡지 등을 읽고 요약하고 분석하는 훈련을 해라.

5

자신의 관점을 세워라

책을 읽고 적절한 응용과 적용을 위해서 책뿐만 아니라 틈틈이 신문, 잡지도 읽어두면 사회의 흐름을 파악할 수 있다. 사회 현상이나 문제점을 바라보는 자신의 관점을 명확히 세워야 한다. 분석된 내용을 기반으로 자신의 주장과 그에 합당한 객관적 논거를 마련하는 훈련을 해라.

6

토론해라

책을 읽고 난 다음에는 동료, 가족, 선생님과의 대화와 토론을 통하여 자신의 생각을 체계적이고 분석적으로 정리하는 습관을 지니고 있어야 한다. 다른 사람의 감상평에도 귀를 기울이고 나와는 무엇이 다른지 생각해봐라. 비슷한 수준의 또래 집단과 독서클럽을 만들어 토론하면 서로 생각을 공유할 수 있어서 매우 효과적이다.

글쓰기 능력이 인생을 바꾼다

글쓰기 능력은 대단히 중요하다. 글쓰기 능력이 상급 학교 진학시험, 입사시험, 국가고시, 유학시험의 합격 여부를 좌우한다. 대부분 요구하는 글쓰기 종류는 감상적인 글이 아니라 논리적인 글인 논술이다. 논술을 잘하면 인생을 업그레이드 시킬 수 있다.

논술은 학창 시절 시험뿐만 아니라 입사 필기시험에서 논술형 시험을 보며 입사 면접시험에서도 논리적인 답변이 요구되고 있다. 특히 대학에서의 시험은 논술형 시험이 대부분을 차지하고 있으며 언론사 시험에서는 논술이 필수적이다. 또한 유학을 가는데 있어서 명문대학에 가기 위해서는 영어 논술을 해야만 한다. 입사시험에서 자기 소개서 작성은 필수적인데 이는 논리성과 감성을 요구하는 에세이 작성 능력을 보는 것이다.

　중학교 내신이나 고등학교 내신 평가에 있어서도 주요 과목 시험에서 서술·논술형 시험을 출제하고 하고 있으며 그 배점 비율이 점점 높아져 가고 있다.

　주요 대학입시에서 논술 시험을 보고 있다. 여기에 수능이 등급화 되어 있으며 쉬운 수능 출제로 변별력이 떨어져 논술이 대입 당락에 결정적인 영향을 미치게 되었다. 이러한 상황에서 논술 열풍이 거세게 불고 있다. 논술을 잘해야 대학입시와 사회생활에 유리하다는 인식이 퍼지면서 중·고교생은 물론 사회인, 대학생, 초등학생까지 논술 바람이 거세다. 문제는 '어떻게 해야 논술을 잘할 수 있을까'이다.

　글쓰기 능력은 기교의 문제가 아니라 어떤 사고를 가지고 어떤 논리로 푸느냐를 보는 것이다.

　논술이 하루아침에 이루어지는 것이 아니라 오랜 시간 충분한 독서와 사고훈련, 글쓰기 연습을 통해야 완성되기 때문에 왕도를 찾기가 쉽지 않다. 논술 실력 향상이 절실한 상황에서 장기적인 안목과 계획이 필요하다.

　괄호 안 채우기나 단답형의 문제가 아닌, '~설명하시오', '~자신의 생각을 써보시오' 등 한두 줄 이상의 칸을 채우는 형식의 서술형 평가에서 고득점을 받기 위해서는 평소에 교과목을 달달 외우는 것이 아니라 넓고 깊게 이해해야 한다.

독서, 현장체험 등을 통해 교과서 이상의 배경지식을 갖추고 있어야 한다. 더 나아가 지식을 바탕으로 자신의 생각을 논리정연하게 글로 풀어서 설명할 수 있는 능력을 키워야 한다. 그러므로 논술은 가능한 빨리 체계적으로 장기간 준비 하는 것이 좋다. 그래야 당장은 학교 시험, 길게는 입시, 입사시험에 이르기까지 유리하다.

논술을 잘하는 왕도는 예나 지금이나 삶과 사회의 본질과 지혜를 담고 있는 좋은 글들을 많이 읽고, 그에 대해 다각적으로 깊이 있는 생각을 많이 해보며, 자신의 생각을 논리정연하게 구성하고 전개하는 글쓰기 훈련을 꾸준히 하는 것이다.

단기간에 논술 실력을 비약적으로 향상시킬 수 있는 비법이란 없다. 그러나 논술은 제한된 시간을 얼마나 효율적으로 꾸준하고 성실하게 공부하느냐에 따라 좋은 결과를 얻을 수 있다.

글을 쓴다는 것은 이론이 아니라 실전이다. 글쓰기 이론을 아무리 들어봤자 글을 한 번 써보는 것보다 못하다. 좋은 글을 눈으로 그냥 읽어보는 것보다는 손으로 써보아야 훨씬 기억에 많이 남는다. 처음에는 글의 형식에 구애받지 말고 독후감, 생활문, 일기, 논설문 등 다양한 글쓰기를 거듭해야 한다. 나중에는 만족할 만한 글이 나올 때까지 고쳐 써 보자.

어떻게 하면 논술을 잘할 수 있을까?

1

명화를 묘사하듯이 좋은 글을 따라 쓰라

동화 '플란다스의 개'에 나오는 주인공 네로는 화가 지망생이다. 가난한 집안 형편 때문에 네로는 그림 공부를 혼자서 한다. 근처 성당에 있는 유명 화가 루벤스의 그림이 네로의 유일한 스승이다. 네로는 이 그림을 그대로 그려보면서 실력을 키웠다. 그림을 그대로 흉내 내면서 세세한 느낌과 방식을 몸으로 읽힌 것이다.

글쓰기에도 이와 같은 과정이 필요하다.

'흉내만 내는 게 논술이냐'라고 생각하겠지만 물론 흉내만 내서는 곤란하다. 하지만 흉내를 내는 과정에서 글의 구조와 내용을 느끼고 익힐 수 있다. '서론과 본론과 결론이 이루어지는 과정과 논술 문장에 필요한 논리적인 표현 방법과 독특한 내용 등을 파악하고 숙달될 수 있게 하는 것이다. 이 과정을 통하여 창의적인 논술 과정으로 올라갈 수 있다.

2

어떤 글을 따라 써 볼 것인가?

동화책이나 시집 등은 인용할 내용, 좋은 표현 기법 등을 익히기 위하여 읽어야 할 책이지만 모작용 글감으로는 적당하지 않다. 논술과는 형식과 글의 전개 방식이 다르기 때문이다. 모작용 글감은 '적당한 길이'와 '완결된 구조'를 가지고 있어야 한다.

이와 같은 필요조건에 가장 근접되어 있는 글감은 교과서이다, 교과서는 정제된 표현과 맞춤법 등 좋은 글감의 요소를 골고루 갖추고 있기 때문이다.

앞으로 고등학교에 진학하여 논술 공부를 할 때는 대학입시의 논술 기출문제에 대하여 대학에서 제시한 예시답안이 있는 경우에 이를 모작해 보면 효율적이다, 이는 대학에서 이와 같은 전개 방식과 논리, 내용 등으로 논술을 작성하면 고득점을 받을 수 있다는 것을 제시하고 있기 때문이다.

3

어떻게 따라 써 볼 것인가?

글의 주제를 정한 뒤 잘 썼다고 생각되는 글을 하나 고른다. 원고지에다 이 글을 또박또박 써본다. 다음에는 글의 구조를 분석해본다. 글을 꼼꼼히 뜯어서 해체하는 과정이다. 그런 다음에 익힌 글의 구조를 토대로 보지 말고 다시 글을 구성해본다,

글의 구조를 분석하는 방법은 예시문을 서론, 본론, 결론으로 나누고 각 문단을 요약해본다. 이와 같은 글의 구조를 중심으로 각 문단의 문장을 다시 상세하게 정리해 본다. 이렇게 자세히 분석해

보면 글의 흐름이 어떻게 진행되는지를 알 수 있다.

그리고 예시문을 보지 않은 채 이 글의 구조를 가지고 다시 써 본다. 자신이 써 본 글과 예시문이 어떻게 다른지 확인해 보면 글이 만들어지는 과정을 몸으로 체험하게 되는 것이다.

습관을 다스려라

‘규칙적인 생활을 해라.’

아마도 귀가 따갑도록 들었고 듣고 있을 것이다. 하지만 규칙적인 생활은 결심만 한다고 되는 것이 아니고 행동을 통해서 습관이 되어야 한다.

습관이란 하나의 밧줄과도 같아서 사람들은 날마다 그 밧줄을 튼튼하게 꼬고 있다. 그러다보면 그 밧줄이 너무 굵어져서 끊을 수 없게 된다.

좋은 습관은 모든 성공의 열쇠이며 나쁜 습관은 실패로 가는 문이다. 좋은 습관이냐 나쁜 습관이냐에 따라서 인생의 성패를 결정한다.

　이성보다는 욕망을 가지고 움직이는 아동기를 지나 자아정체성을 가지고 움직이기 시작하는 중학시절에 좋은 습관을 길들이지 않으면 평생 고치기 어려울 뿐만 아니라 이것이 족쇄가 되어 자신의 인생을 그르칠 수 있다. 중학시절에 좋은 습관을 길들여라.

　습관은 선천적이기보다는 후천적인 것으로 거의 무의식적으로 행동된다. 한 연구 결과에 따르면 인간 행동 중 자신이 의식해서 이루어지는 것은 전체의 5%에 지나지 않고 95%는 습관의 영향을 받아 무의식적으로 이루어지고 있다고 한다. 먹고 자는 것에서부터 생각하고 반응하는 것에 이르기까지 어떤 행동이든 습관이 될 수 있다. 습관은 반복을 통해 더욱 자동적이 된다.

　인생에서 습관이 얼마나 중요한가를 나타내는 공식을 살펴보자.

- 생각을 조심해라. 생각은 말이 된다.
- 말을 조심해라. 말은 행동이 된다.
- 행동을 조심해라. 행동은 습관이 된다.
- 습관을 조심해라. 습관은 인격이 된다.
- 인격을 조심해라. 인격은 인생이 된다.

　그대가 하나의 행동을 하면 그대는 하나의 습관을 거두게 되고,

좋은 습관은 모든 성공의 열쇠이며

나쁜 습관은 실패로 가는 문이다.

좋은 습관이냐 나쁜 습관이냐에 따라서

인생의 성패를 결정한다.

습관은 인격을 거두게 되며, 성격은 운명을 거두게 된다. 즉 반복되는 행동으로 형성된 습관이 인생의 성공과 실패를 결정함을 명심해라.

새로운 습관을 개발하는 데는 눈 깜짝할 사이에서부터 몇 년에 이르기까지 다양하다. 새 습관이 형성되는 속도는 특정 방식의 행동을 결심하게 한 감정의 깊이와 농도에 따라 결정된다.

비만인 사람이 적정 체중 유지를 위해 다이어트를 하고 운동하는 습관을 들여야겠다고 결심한다, 하지만 이 과정은 결심까지만 했을 뿐 행동으로 옮겨 습관을 형성하는 데에는 몇 년이 걸릴 수 있다.

그런데 이 비만한 사람이 성인병에 걸려 의사가 "살을 빼지 않으면 합병증 등 건강에 치명적일 수 있다"고 말하면 즉각 다이어트와 운동을 시작할 수 있다. 이처럼 행동을 수반하는 강도 높은 기쁨이나 아픔의 경험은 평생 동안 계속되는 습관적인 행동을 만들어 낼 수 있다.

옛 습관의 반복을 중단하고 새로운 방식의 행동을 훈련할 때 오래된 습관은 약해지고 그대의 무의식 세계에서 물러난다. 새로운 좋은 습관을 익히면 그 결과는 훨씬 더 많은 즐거움과 보상을 가져다줄 것이다.

나쁜 습관을 버리고 좋은 습관을 길들이기는 쉽지 않다. 새로운 습관을 형성하는 7단계를 알아보자.

- 1단계 : 결심해라

새 습관 형성을 위한 행동을 하겠다고 단단히 결심해라. 예를 들어 아침 일찍 일어나서 예습하겠다고 결심하면 그 시간에 자명종 시계가 울리자마자 바로 일어나는 것부터 시작해라.

- 2단계 : 예외를 인정하지 마라

핑계를 만들지 말고 스스로 합리화시키지 말아야 한다. 매일 운동하기로 결심하면, 날씨 핑계, 공부 핑계를 스스로 대지 말고 자동적인 습관이 될 때까지 반드시 실행해라.

- 3단계 : 주변 사람에게 말해라

결심을 가족이나 친구들에게 말하면 지켜보는 사람이 있다고 생각하게 되고 그것이 보이지 않는 압력으로 작용하여 결심을 실행으로 옮기는 강도가 높아진다.

- 4단계 : 새로운 자신을 시각화해라

새로운 습관을 익힌 자신의 모습을 미리 마음의 눈으로 자주 시각화해라. 그러면 그렇게 되고 싶은 마음이 들면서 노력하게 될 것이다

- 5단계 : 결심을 반복해서 말해라

반복해서 결심을 말하면 습관을 형성하는 강도를 높여준다. 예

를 들어 '나는 아침에 일찍 일어나서 예습할 거야!'라고 자기 전에
이 말을 반복한다면 다음 날 일찍 일어나는 자신을 발견하게 될 것
이다.

- 6단계 : 꾸준히 계속 실행해라

결심한 행동을 불편하거나 스스로 부자연스럽다고 느끼지 않고
익숙할 정도가 되도록 꾸준히 계속 실행해라.

- 7단계 : 자신에게 칭찬해라

결심한 대로 새로운 습관을 익히고 있는 자신에게 스스로 칭찬
해라. 자긍심이 샘솟으며 더욱 매진하게 될 것이다.

세심함이 힘이다

미국 콜로라도 롱 피크의 경사진 곳에는 쓰러진 거목의 잔해가 있다. 박물학자는 이 나무의 연륜을 4백 년이라고 말한다. 그러니까 콜럼버스가 미국을 발견했을 때 이 나무는 떡잎이었다. 영국의 청교도들이 이곳에 정주했을 때도 사람들의 평균키보다 작았다. 이 나무는 오랜 생애 동안 14번이나 벼락을 맞았다. 수많은 홍수와 폭풍우와 눈사태에도 끈질기게 버티며 훌륭한 거목으로 자랐다.

그런데 어느 날 그 나무에 딱정벌레가 달라붙기 시작했다. 수많은 딱정벌레들이 나무껍질을 벗겨먹고 나무속으로 들어가서 조금씩, 조금씩 나무를 공격하기 시작하여 결국 나무의 생명력을 파괴시키고 말았다. 벼락이나 거대한 폭풍우에도 4백 년을 꿈쩍하지 않았던 그 나무는 결국 두 손으로 눌러 죽일 수 있을 만큼 조그만 딱정벌레에게 무릎을 꿇고 만 것이다.

1986년 1월에 미국 우주 왕복선 챌린저호가 발사된 지 불과 몇 초 만에 폭발하여 탑승 승무원 전원이 사망하는 끔찍한 결과가 초래됐다. 사고 원인은 직경 0.7㎝밖에 안 되는 '오-링'이란 작은 부품 결함 때문이었다.

시인 마리아 라이너 릴케는 장미가시에 찔려서 죽었다. 큰 상처가 나면 피가 흐르고 약을 바르고 병원에 갔을 것이다. 그러나 장미가시에 찔린 작은 상처를 방치하다가 파상풍에 걸려 종국에는 사망하고 말았다.

그대는 눈앞의 큰 문제에 대해서는 과감히 대결하면서도 하찮은 일에 대해서는 가볍게 생각하고 잊어버리지는 않는가?
아주 조그마한 일이 그대를 괴롭힐 수 있다. 그대는 코끼리가 달려들면 몸을 피해서 도망칠 수 있지만 파리로부터는 몸을 피할 수가 없다. 그대는 폭풍우를 피했더라도 혹시 하잘것없는 딱정벌레나 장미가시에 노출되어 있는 것은 아닌지 항상 살펴야 한다.

아주 조그마한 일이 그대를 괴롭힐 수 있다.

그대는 코끼리가 달려들면 몸을 피해서 도망칠 수 있지만

파리로부터는 몸을 피할 수가 없다.

쪼개고 잘라서 관찰하는 디테일의 힘을 발휘해야 한다. 디테일에 관한 방정식은, 100-1은 99가 아니고 0이다. 벽돌 한 장이 부족하여 공든 탑이 무너지듯이 1%의 실수가 100% 실패를 부른다. 0.9의 10승은 약 0.35이다. 0.9를 열 번 곱하면 0.349가 된다는 말이다. 즉, 1이 아닌 0.9의 완성도를 유지하여 10번의 공정을 거치면 겨우 0.35 정도의 완성도밖에 달성하지 못한다는 것이다. 100%의 완성도를 기해라.

사람에 있어서도 대단한 용기나 사건들만이 성공과 실패를 가름하는 것은 아니다. 사소한 사건과 별것 아닌 것 같은 이유들이 쌓이고 쌓여 성공도 되고 실패도 되며 행복이나 불행의 씨앗으로 싹트기도 한다. 대수롭지 않은 일이 쌓여 큰 사건이 되고 마는 것이다. 그대는 사소한 일에 매달려 고민하다가 행복을 잃은 사람을 많이 발견할 것이다. 그리고 사소한 일을 무시하여 인생의 소중한 기회를 잃어버린 사람도 많이 볼 수 있다.

아주 작은 일에 성실한 사람은 큰일에도 성실하고, 아주 작은 일을 간과하는 사람은 큰일도 간과하여 놓치고 만다.

작은 구멍 하나가 배를 침몰시킬 수 있다. 작은 일, 바로 발밑에서 일어나고 있는 일을 끝까지 점검하고 거기에도 최선을 다해라!

태도가 인생을 결정한다

어느 날 젊은 시절의 벤저민 프랭클린이 이웃의 저택에 사는 원로를 만나러 갔다. 좋은 말씀을 듣고 밖으로 나오는데 원로가 나가는 길을 안내해 주었다. 가다가 중간쯤에서 원로가 프랭클린에게 주의를 주었다.

"머리를 숙이시오! 머리를 숙이시오!"

그러나 벤저민 프랭클린은 원로가 왜 이러나하고 생각하면서 들보를 미처 보지 못하고 머리를 부딪치고 말았다. 이 모습을 본 원로가 말했다.

"젊은이, 이 세상을 살아가면서 머리를 자주 숙이면 숙일수록 그만큼 부딪히는 일이 없을 걸세."

벤저민 프랭클린은 그 말을 평생 가슴에 새기면서 겸손함을 발휘하여 존경 받는 미국의 유명한 정치가이자 저술가가 되었다.

요즈음 인성교육이라는 말을 많이 한다. 바로 인성교육은 올바른 태도를 기르는 것이다. 인생에서 실력을 갖추는 것도 중요하지만 태도가 뒷받침되지 않으면 건방지다는 소리를 들으면서 인간관계에서 소외되기 십상이다.

미국 컬럼비아대학교에서 대기업 사장을 대상으로 '성공하는데 가장 큰 영향을 준 요인은 무엇인가?'라는 질문의 설문 조사를 했는데 놀랍게도 응답자의 93%가 실력이나 운이 아닌 태도를 꼽았다고 한다.

'세 살 버릇이 여든까지 간다'는 격언이 있다. 그대의 인생에 있어서 지금이 가장 젊을 때이다. 중학시절인 지금부터라도 올바른 태도를 습관화해야 한다.

그대는 혼자서는 존재할 수 없으며 서로의 관계 속에서 살아가야 한다. 그러므로 상대방과 접촉할 때의 행동이 중요하다. 좋은 태도는 좋은 관계를 맺게 하고 유지 발전시킨다. 좋은 태도를 갖추는데는 비용이 전혀 들지 않는다. 좋은 태도를 갖춘 사람이 되도록 습관을 길들여라.

좋은 태도를 갖추기 위해서는 어떻게 해야 할까?

1
인사해라

인사는 단순한 형식이 아니라 상대에게 자신을 어필하는 가장 간단한 방법이며 상대방에 대한 인정이자 존중의 표현이다. 인사를 건성으로 하거나 심지어 말로 하는 경우가 많은데 인사는 정중하게 행동으로 하는 것이 좋다. 중학시절은 인사를 받기보다는 인사를 하는 경우가 많은데 바른 인사법을 배워 그렇게 하는 습관을 길들여라.

2
친절해라

친절함은 아무리 지나쳐도 괜찮다. 친절한 것과 비굴한 것과는 다르다. 친절을 베푸는 사람은 그만큼의 친절을 되돌려 받게 된다. 상대방에게 친절함으로써 그 사람에게 준 유쾌함은 자신에게 돌아온다. 다른 사람에게 베푸는 친절에 비례해 자신의 기쁨이 쌓인다. 거울을 보고 웃어보아라. 항상 웃는 얼굴로 친절함을 습관화한다면 주변에 좋은 친구들이 많아지면서 학교생활도 즐겁게 할 수 있으며 미래에 사회생활에서도 좋은 인간관계를 맺을 수 있다.

3

배려해라

자신보다 먼저 상대방을 생각하는 마음이 배려다. 배려는 해야 할 의무를 지닌 것이 아니지만 좋은 마음 씀씀이다. 배려하는 마음은 자신의 인격을 한 차원 높이는 것이다. 상대방을 위한 조그마한 행동을 하는 습관이 배려하는 마음을 가진 훌륭한 인격자로 만들 수 있다.

중학시절에 공부한다는 핑계로, 공부하는 것을 부모를 위해 공부를 해주는 것으로 여기고 가족에 대해 소홀히 하는 경우가 있다. 가족관계에서부터 배려를 시작하라. 아침에 등교를 핑계대지 말고 자신이 먹은 밥그릇과 수저를 설거지통에 넣는 조그마한 마음 씀씀이가 배려하는 마음을 기르는 시작이 될 수 있다.

4

겸손해라

자기를 낮추고 상대방을 높이는 것이 겸손이다. 자기를 낮추고 상대를 높이면 상대방은 마음의 문을 연다. 겸손은 고상한 매너이며 삶의 지혜다. 겸손한 사람이 성과를 올렸을 때는 공감하면서 칭찬하지만 오만한 사람이 같은 일을 했을 때는 시기와 질투를 받기 쉽다.

혀를 다스리고 귀를 열어라

지혜로운 하인 요리사에게 주인이 어느 날, 손님을 초대하려고 하니 세상에서 제일 좋은 요리만을 만들라고 명령했다. 그러자 요리사는 시장에 가서 짐승의 혓바닥만을 사서 온통 혓바닥 요리를 만들었다.

첫 번째 요리도 혀, 두 번째 요리도 혀, 마지막 요리도 혀였다. 손님들은 처음엔 칭찬을 했으나 마지막에는 모두 기분이 상했다. 어떻게 된 일이냐고 주인이 꾸짖자, 요리사가 대답했다.

"세상에 혀보다 좋은 것이 있습니까? 혀가 있기 때문에 인간은 말을 할 수가 있고, 또 지식을 전달하고 교양을 높일 수 있는 것이 아니겠습니까?"

말문이 막혀 더욱 화가 난 주인은 다음날 다시 손님을 초대하기로 했다. 이번에는 제일 나쁜 요리를 만들라고 명령했다. 그러자 이번에도 전날과 똑같은 요리가 나왔다. 화가 난 주인에게 요리사는 다시 이렇게 말했다.

"혀는 모든 말싸움의 근원입니다. 다툼의 어머니죠. 그뿐 아니라 거짓말과 중상모략의 그릇이란 말입니다."

그렇다. 말이란 혀를 어떻게 사용하느냐에 따라 달라진다. 혀를 잘 쓸 때는 미덕이 되지만, 잘못 쓸 때는 그 무엇보다 악한 무기가 되는 것이다. 말 한 마디는 그대를 행복하게 하고 불행하게도 한다. 섣불리 입을 열기보다는 말하기 전에 한 번 더 신중하게 생각해라. 말하기 전에 잠시 뜸을 들이는 것만으로도 해결의 실마리를 찾고 당혹스러운 상황에서 벗어날 수 있다.

입 '구(口)' 3개가 모이면 '품(品)'자가 된다. 사람의 품격은 입에서 나온다는 뜻이다. 적절한 단어와 내용, 화술로 말을 해야 품격 있는 사람이 된다.

말을 어떤 내용으로 어떤 방식으로 하는가는 중요하다. 그러므로 인간관계에서 말을 다스리는 능력을 가져야 성공할 수 있다. 언어를 다스려야 사람을 움직일 수 있다. 훌륭한 리더는 언어를 다스릴 줄 아는 사람이다. 그대가 성공 가도를 달리려면 말을 다스리는 방법을 마스터해야 한다.

말은 살아서 움직인다. 그대가 무심코 내뱉은 말은 발이 달린 것도 아닌데 언젠가는 영향력이 발휘된다. 요즈음은 글을 잘못 써서 생기는 필화(筆禍)가 아니라 입을 함부로 놀려서 말을 잘못하여 낭패를 당하는 설화(舌禍)가 비일비재하지 않는가? 친구들 사이에서도 사소한 말 한마디 때문에 싸움이 벌어지고 완전히 사이가 갈라지기도 한다.

조선시대 서당에서 《천자문》 다음으로 아이들에게 가르치던 필수 교재인 《계몽편》 말미에 나오는 아홉 가지 사람이 마땅히 지녀야 할 바른 용모 중에서 '구용지(口容止)'가 있다. 이는 입을 함부로 놀려 말을 잘못하면 화를 자초한다는 뜻이다.

어느 낚시꾼이 월척 붕어를 잡아서 박제를 해놓고 그 아래에 이렇게 적었다.

'네가 주둥이를 잘못 벌리지만 않았다면, 너는 여기에 있지 않을 것이다.'

붕어가 주둥이를 잘못 벌려 미끼에 걸리듯, 사람도 입을 잘못 놀리면 화를 자초한다.

말할 때는 신중에 신중을 기해야 한다.

《탈무드》에서도 '남의 입에서 나오는 말보다도 자기의 입에서 나오는 말을 잘 들어라'고 했다. 일단 내뱉은 말은 지우개로 지울 수 없고, 공중으로 날려버려 없앨 수 없다.

'말하는 것'이 공짜라고 해서 함부로 해서는 안 된다. 얼굴 부위 중 코와 턱 사이에 있는 공간을 어떻게 잘 벌리느냐에 따라 호감을 얻어 성공할 수도 있고, 일생일대의 지울 수 없는 낭패를 당할 수도 있다. 항상 말조심해라.

사람들에게 호감을 사려면 그들에게 혀를 내미는 것이 아니라 귀를 내미는 것이다. 상대방에게 많이 말하게 할수록, 상대방의 말을 들어주는 시간이 길면 길수록 상대방은 그대를 좋아하게 된다.

경청이란 단순히 말을 하지 않고 듣는 것이 아니라 상대방의 진심을 믿고 받아들인다는 의미다. 경청은 그 자체가 상대방에 대한 존중과 격려이며 가치를 인정해 주는 것이다. 개인적으로 상대방에게 다가가 "그대를 지지합니다"라고 의사 표현하는 것과 같다. 경청은 상대방에게 할 수 있는 최고의 찬사 중 하나다.

경청을 잘 하는 것이 처세의 비결이다. '귀 기울여 듣는 것'이 마음을 얻는 지혜다. 경청은 상대방의 호감을 얻는데 웅변보다 효과가 있다. 어떤 아첨도 이보다 큰 효과를 발휘할 수 없다. 남의 말을 가로막지 말고 다 듣지도 않고 대답해서는 안 된다. 자신의 생각을 잠시 접고 경청해야 한다.

전문가에 따르면 경청은 말하는 것보다 3배 이상의 에너지가 필요하다고 한다. 그러니 경청은 결코 쉽지 않으며 인내심이 발휘되어야 하는 것이다.

앤드류 카네기는 "사람들에게 비웃음을 사고, 무시당하고, 외면까지 당할 수 있는 세 가지 방법은 절대 상대방의 이야기를 끝까지 들으면 안 되고, 계속 자기의 말만 해야 하고, 상대방의 이야기를 듣다가 자신이 할 이야기가 있으면 바로 끊고 자신의 말을 하면 된다"고 했다.

말하는 요령은 기술이지만 듣기도 자세이며 기술이다. 북적대는 방에서 누군가와 이야기를 할 경우라도, 그 방에 둘만 있는 것처럼 상대방을 대해야 한다. 다른 것은 모두 무시하고 상대방만 쳐다봐야 한다.

상대방의 말속에는 원인과 결과, 문제와 해답이 있다. 말의 내용보다 시선, 제스처, 억양, 표정에 내면적 정보가 있다. 상대방이 말하는 것에 대해 세심한 주의를 기울이면서 듣고, 말하는 상대방의 마음속으로 파고들도록 자신을 길들여라.

중학생인 그대에게 있어서 경청하는 습관을 들이는 기본은 선생님의 강의를 잘 듣는 것이다.

휴식은 보약이다

음악 교과서에 나와 있는 수많은 악보를 보면 쉼표가 있다. 노래를 부를 때 숨을 들이쉼이 없이 노래를 부를 수 있는가?

음악에서 음계 하나하나를 조화롭게 결합시켜 음악으로 완성하는 것은 쉼표에 의한 리듬이다. 악보에는 쉼표가 있지만 삶을 살아가는 인생의 악보에는 쉼표가 없어서 자신이 직접 인생의 쉼표인 휴식을 취해야 한다. 쉼표 없는 악보는 음악이 될 수 없는 것처럼 휴식 없는 인생은 참다운 인생일 수 없다.

피 끓는 청소년에게 무슨 휴식이냐고 할지 모르겠지만 휴식은 보약이다. 육체와 정신의 피로를 씻어주고 에너지를 재충전시켜주며 창의적인 아이디어와 영감을 떠오르게 한다. 휴식을 통해 공부라는 심각성으로부터 때때로 벗어나야 한다. 공부할 때와 마찬가지로 휴식할 때에도 빈둥빈둥하면 안 된다. 놀 때는 노는데 온 정신을 집중시켜야 한다. 휴식을 제대로 취해라.

머리를 맑게 해서 최상의 컨디션을 유지해야 공부의 효율성을 높일 수 있다. 공부는 하는 시간도 중요하지만 맑은 머리를 가지고 집중하는 것이 더욱 중요하다. 어떻게 하면 머리를 맑게 할 수 있을까?

1

심호흡해라

우리의 뇌는 그 무게가 체중의 30분의 1밖에 안 되는 작은 기관이지만 산소의 소비량에 있어서는 전체의 20%에 이른다. 따라서 어느 정도라도 산소 부족 상태가 일어나면 사람의 머리는 일시적으로 나빠진다. 그러므로 두뇌의 활동을 활성화시키기 위해서는 적어도 한 시간마다 심호흡을 5번 정도 되풀이해라.

2

큰 소리로 노래 불러라

큰 소리로 노래를 부르게 되면, 욕구불만이 해소될 뿐만 아니라 공부로 피로해진 머리를 빨리 회복시키는데 효과가 있다. 체내의 혈액 순환을 원활하게 해주며 산소의 보충도 강화되고 크게 숨 쉬는 습관이 길러짐으로써 자연히 두뇌를 활성화시킨다.

3

감각을 이용해라

갓난아기의 두뇌를 발달시키는 것은 청각, 촉각, 시각 따위의 감각을 자극함으로써 비롯된다. 여기서 힌트를 얻은 방법이 바로 감각 이용법이다. 만약 청각 우위형 두뇌의 소유자라면 소리를 내면서 영어를 공부하면 좋다. 또 촉각 우위형이거나 시각 우위형의 두뇌를 가졌다면 노트에 글자를 쓰면서 외는 학습법을 쓴다면 효과를 기대할 수 있다.

4

자연의 리듬을 따르라

인간은 전형적인 주행성 동물이다. 따라서 아침 8시쯤부터 심신 활동을 자극하는 부신 호르몬이나 자율 신경계의 긴장이 자동적으로 일어난다. 그래서 오전중의 학습 효과는 저녁때부터 야간에 걸친 생리적 휴식기에 비해 50~100%나 높아진다고 한다. 따라서 학습은 낮 시간을 중심으로 하고 심야에는 잠을 자는 것이 실력을

휴식은 보약이다.

육체와 정신의 피로를 씻어주고 에너지를 재충전시켜주며

창의적인 아이디어와 영감을 떠오르게 한다.

향상시키는 요령이다.

사람은 신체상으로는 23일, 감정상으로는 28일, 지성은 33일이 한 주기가 된다고 한다. 이것이 이른바 인간 주기율이다. 예를 들어 지성 주기 파동의 절정기에는 추리나 분석으로써 해결되는 수학이나 과학 계통의 공부를 하고 저조기에는 어학이나 사회 과목을 중점적으로 공부하는 것이 효과적인 시간 배정이 된다.

5

자극적인 음료는 마시지 마라

학습에 따른 만성 피로는 정신적 스트레스를 일으킴으로써 초조감에 따른 두뇌 활동의 저하를 가져온다. 만성 피로를 해결하는 방법은 반드시 그 날 안에 풀고 다음날은 아침부터 새로운 기분으로 공부에 전력을 기울일 수 있도록 최상의 컨디션을 유지해야 한다.

밤늦도록 공부하려고 커피 같은 자극성 음료를 마시지 마라. 커피는 그 속에 들어있는 카페인의 약리 작용으로 뇌세포를 자극하여 일시적으로는 활발하게 해 준다. 그러나 학습이란 단 하루만의 단거리 경주가 아니다. 커피와 같은 자극성 음료는 숙면을 방해하여 만성적인 피로의 원인이 된다. 야간에 일시적인 정신 긴장이 꼭 필요할 때에는 얼굴, 특히 그 중에서도 눈을 찬물로 자극하는 것이 좋다.

6

짧은 기간 단식해라

단식은 머리를 맑게 하는데 효과를 줄 수 있다. 그렇지만 한창 발육기에 있는 학생들이 이런 본격적인 단식을 한다는 것은 바람직하지 못하다. 그러나 토요일 저녁쯤의 한 끼 정도를 굶어보는 단식은 머리를 쉬게 하고 위장을 조절하는데 도움이 된다. 과식은 위장의 힘을 약화시킴으로써 자율신경의 활동이 저하되고 두뇌 활동을 저해하기 때문이다.

7

신체를 자극해라

가벼운 운동을 지속적으로 하면 혈액순환이 좋아지고 뇌에 산소와 영양분이 잘 공급돼 뇌 기능이 나아진다. 그리고 책상머리에 계속 머물러 있으면 목 근육이나 팔 근육이 뭉쳐서 뇌에 공급되는 산소량이 부족해진다. 뭉친 근육을 풀어주고 두피와 목 부위의 경혈을 손끝으로 적당한 압력으로 눌러주면 뇌에 산소 공급이 잘 된다. 하루 30분정도 스트레칭, 줄넘기, 가볍게 달리기 등을 하고 샤워하면 공부가 한결 잘될 것이다. 이것이 휴식 없이 공부에 매달리는 것보다 집중이 잘되어 오히려 효율적이다.

한류 열풍이 한창이다. 바로 그대와 비슷한 나이의 청소년들이 주역이다. 휴식을 겸한 문화적인 소양을 길러야 한다. 현대사회는 감성을 중시하는 문화적 힘을 일컫는 소프트파워 시대로 진입했다. 그러므로 문화를 이해하고 문화적인 소양을 기르는 것은 중요하다.

고등학생이 되면 시간적 여유와 정신적 여유가 없어 문화를 즐기기가 쉽지 않다. 문화를 접해야 고상한 인격을 가진 사람으로 성장할 수 있을 뿐만 아니라 창의성을 기르는 빠른 길이 될 수 있다.

시간 여유가 있는 중학시절에 연극, 영화, 미술, 박물관을 가능한 많이 관람하고 클래식 음악뿐만 아니라 대중음악도 즐겨 듣고 문화적인 흐름과 소양을 기르는 것이 문화인으로 성장하는데 대단히 중요하다.

악기를 다룰 수 있으면 정서 안정과 앞으로 사회생활에서 인간관계도 넓힐 수 있다. 요즈음 성인들 사이에서는 색소폰 연주를 배우는 것이 유행처럼 되어있다. 중학시절 각자 소질에 맞추어 피아노나 바이올린, 클라리넷 연주를 익혀두면 사회에 나와 자신을 어필하거나 친교에 있어서 매우 유용해 질 것이다. 재즈 피아노나 재즈 바이올린을 배우는 것이 더 유용할 수 있다.

　방학 때에는 여행을 통해 낯선 풍물을 감상하는 것이 좋다. 여행은 사는 법을 배우게 한다. 뜻밖에 의도하지 않은 길을 가게 될 때 계획하지 않은 길에도 즐거움이 있음을 터득하게 해준다. 낯선 곳에 가면 일상생활에서 닫히고 무뎌진 마음이 열리고, 빈손의 자유로움도 느끼게 된다. 한 걸음 물러나 그대 자신의 삶을 밖에서 담담하게 들여다 볼 수 있는 여유를 갖게 해 준다.

공부

　공부라는 말만 들어도 골치 아픈데 '공부'를 거론하니 왜 이러나 싶겠지?

　흔히들 "인생에는 때가 있다"는 말을 하는데 나이가 든 내가 보기에 그 말은 정확히 맞는 것 같아. 인생에는 여러 시기가 있어. 그 시기마다 해야 할 바람직한 일들이 있기 마련이지. 어떤 사람은 중학시절에 해야 할 일을 초등학교 시절에 하면 천재라고 하지만 내가 보기엔 그렇지 않아. 천재라고 할 것도 없고 신기해 할 것도 없어.

　초등학교 시절에는 초등학생이 해야 할 보편적인 일을 보다 충실히 하고 중학시절에는 중학생이 해야 할 일을 충실히 하는 것이 긴 삶의 여정을 합리적으로 살아가는 길이야.

　중학시절은 학생 신분이야. 학생은 공부가 본분이잖아? 과일 장수는 과일을 잘 팔아야 하고 운동선수는 운동을 잘 해야 하고, 가수는 노래를 잘 불러야 하고, 배우는 연기를 잘 해야 하는 거 아니겠어?

공부하기 힘들지? 때로는 괴롭기까지 하고 말이야. 맞아. 공부는 힘든 거야. 그런데 말이야 흔히 나이든 사람이 "내가 너희들 때에는…"이란 말을 참 많이 하는데 정말로 내가 중학시절에는 정말 힘들게 공부했어. 물론 경제적으로도 지금보다 훨씬 못했지만 교육제도가 어린 시절부터 숨 막히게 했지.

중학교 입학시험이 있던 시절이라서 소위 말해 일류 중학교에 들어가기 위해 초등학교 때부터 입시 준비를 했지. 초등학교에서 배우는 전 교과목에 대하여 시험을 치르는데 실수로 한두 개 틀리면 낙방하기 때문에 보통 열심히 공부하지 않으면 안 되었어.

초등학교 6학년 때 수업이 요즘 말하는 야간자율학습에 비견될 정도로 어둑어둑해 질 때까지 했어. 그 당시에는 교실에 불이 들어오지 않았기 때문에 어두워져서 칠판이 보이지 않으면 애국가를 계명으로 외웠어. 왜냐하면 중학교 입시 음악 문제에 악보를 중간에 비워놓고 그 곳에 들어갈 악보를 고르는 문제가 자주 나오기 때문이야. 나는 45년이 넘은 지금까지도 그때 외운 기억으로 애국가를 계명으로 부를 수 있어.

중학교에 들어가자마자 머리를 죄수처럼 빡빡 깎고 검은 교모를 쓰고 교복을 입어야만 했어. 선생님을 보거나 1년 위 선배를 보아도 큰소리로 "충성"하면서 거수경례를 해야만 했어.

중학 생활도 초등학교와 마찬가지로 고등학교 입시 준비를 위해 모든 노력을 다해야 했어. 다른 것은 생각할 틈도 여유도 없었지. 지금 네가 향유하고 있는 문명의 이기도 없었어. 그 당시에는 집에 전화가 설치되어 있고 텔레비전이 있으면 부자였어.

그때 비하면 너는 훨씬 자유롭고 다양한 시절을 보낸다고 할 수 있겠지. 하지만 고민거리는 나의 중학시절보다 훨씬 많을지 모르겠어. 내가 다니던 중학시절은 군대와 같은 학교생활에 낭만이라곤 찾아볼 수 없이 오직 고등학교 입시만 고민하면 되었지만 말이야.

흔히들 "공부가 인생의 전부가 아니다"라고 말해. 하지만 이는 공부 못하는 사람이 하는 자기 합리화이며 스스로에 대한 위안이야. 공부가 본분인 학생 시절에 공부를 열심히 하지 않는다면 사회에 나가서도 주어진 본분에 충실하지 않을 것임은 불을 보듯 뻔해.

어떤 학생은 "나는 공부에 취미는 없지만 다른 것은 잘 할 수 있다"고 말해. 물론 다양한 사회에서 그런 경우도 많아. 하지만 현재 주어진 본분에 충실한 사람이 다른 일이 주어졌을 때에도 성실함을 발휘하는 게 아닐까?

만약 공부 외에 다른 일로 네 꿈을 이룰 수 있겠다고 판단되는 일이 지금 있다면 거기에 매진해. 그런데 그런 것도 없이 공부가 하기 싫어서 '언젠가 공부 외에 다른 일이 있겠지' 하고 생각하면서 공부를 게을리 하는 사람에게 그런 기회가 오지 않아. 설사 기회가 오더라도 제대로 노력을 기울이지 않을 거야.

그러니 일단 학생에게 주어진 본분인 '공부'를 열심히 하는 수밖에 없는 거지. 중학시절에 가장 신경 써야할 일이 공부 아니겠어? 물론 수영선수 박태환이나 피겨선수 김연아처럼 공부보다도 운동에 더 신경 써야 하는 사람도 있어. 네가 공부 외에 유용한 다른 일을 잘할 수 있다면 거기에 공부보다도 더 신경을 써. 하지만 공부는 해야 하는 거야.

중학시절에 공부를 잘하고 못하고의 문제는 아이큐의 문제가 아니라 얼마나 노력하는지에 따른 성실의 문제야. 물론 노력만으로 되지 않는 우수한 두뇌가 필요한 경우가 있지만 대학에서의 전문 과정에서도 극히 소수의 경우에 해당할 뿐이야.

중학시절에는 성실하게 노력하기만 하면 좋은 성적을 올릴 수 있어. 중학시절에 공부를 잘한다는 것은 성실하다는 반증이야. 이 세상살이에서 성실하게 노력하는 것만큼 성공에 다가서게 하는 것은 없어.

공부를 잘한다는 게 삶의 목적은 아니지만 공부를 잘하면 보다 많은 기회가 주어져. 네가 좋은 대학을 졸업하고자 하는 것이 좋은 직장과 삶의 질을 보장하는 것은 아니지만 가능성이 높기 때문이겠지? 예외는 있지만 중학시절에 공부 잘 한 학생이 고등학교에서도 공부를 잘하고 좋은 대학에 입학할 확률이 훨씬 높아. 중학시절에 공부를 등한시한 학생이 고등학교에서 성적을 만회하기란 매우 어려워.

꿈 많은 너에게 이런 말을 하는 게 어떨지 모르겠어. 솔직히 말해서 사회는 냉정한 곳이야. 열심히 공부하지 않으면 지금 열심히 공부하고 있는 네 친구 밑에서 근무할 수도 있어. 실제로 이런 일이 비일비재해. 예를 들어 공무원 사회에서 고시가 된 학교 동기의 지시를 받으며 근무하는 사람이 많아. 이런 경우에 반말도 할 수 없어. 이런 상황을 만들지 않으려면 열심히 공부해.

무한한 가능성이 펼쳐져 있는 현대의 지식사회에서 공부를 잘하여 많은 지식을 가지고 있으면 그만큼 할 수 있는 일의 폭이 넓어지고 깊이가 깊어질 거야.

때로는 영화도 보고 휴식도 취하면서 열심히 공부해.

게임

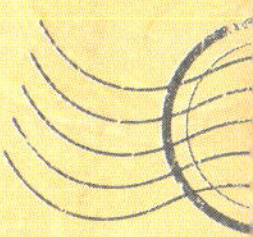

얼마 전 네 아버지 만났더니 네가 공부는 안 하고 게임에만 몰두해서 걱정이라고 하더구나.

머리 식히기 위해 게임한다고? 머리를 식혀야 할 정도로 공부를 열심히 하는 거야? 그러다가 게임중독 돼.

만약 게임을 하려거든 게임학과에 가거나 프로게이머가 될 각오로 해. 체계적으로 책도 보면서 열심히 해. 정말 게임에 미쳤다는 소리를 들을 정도로 말이야. 그런데 그렇게 하기가 쉽지 않을 거야.

단도직입적으로 말해서 게임은 아예 하지 마. 요즈음 컴퓨터게임 중독 때문에 일어나는 여러 가지 문제를 바로 네 친구들이나 주변에서 보고 있을 거야. 세상을 떠들썩하게 했던 학교폭력에 의한 여러 건의 자살 사건도 처음에 친구들끼리 온라인게임에서 시작된 사실을 너도 알 거야.

그런데 내가 너에게 게임을 강력하게 반대하는 것은 특별한 경험 때문이야. 지금부터 그 경험을 장황하게 들려줄 게.

내 아들이 중학생일 때였어. 가끔씩 가족들과 외출을 하면 음식을 시켜놓고 기다리는 사이에 음식점 옆에 있는 게임방에서 게임을 하고 오는 거야. 그때 나는 아들이 공부도 꽤 잘하는 편이라 공부하는데 머리도 식히고 게임을 잘하면 두뇌도 발달된다는 말도 있고 해서 그냥 내버려 두었어.

아들은 괜찮은 성적으로 고등학교에 진학했어. 고등학교 1학년 2학기 중간고사를 치르고 난 다음에 그동안 용돈 모은 돈으로 샀다고 하면서 플레이스테이션을 들고 들어왔어. 내가 "너 이제부터 대학입시에 전력을 기울여야 할 텐데 게임기를 왜 사왔어?"라고 하자 "공부하다가 잠시 머리를 식힐 때 한 번씩 하려고요. 오히려 공부 능률을 올려주고 스트레스 해소도 될 것 같고 해서…."
나는 비교적 아들을 이해하려고 했고 무조건 공부만을 강조하는 편이 아니라서 그냥 놔 두었어.

아들은 고등학교 1학년 때까지 줄곧 상위권 성적이었어. 그래서 2학년에 올라와서 방과 후 자율학습 때도 상위권 학생들만의 별도 공간에 배정되었지. 나는 그런 아들에 대해 자부심을 느끼고 종종 자율학습이 끝나는 시간에 맞춰 아들을 데리러 학교로 가곤 했어.
그러던 어느 날, 학교에 갔어. 그런데 다른 학생들이 다 나올 때까지 아들의 모습이 보이지 않는 거야. 나는 '아들이 나오는 것을 보지 못했겠지…. 먼저 집으로 갔겠지…' 생각하면서 집으로 돌아왔어. 그런데 한 시간이 지나도 아들은 돌아오지 않았고 자정이 다 되어서야 돌아왔어. 내가 "왜 이렇게 늦었냐?"고 묻자 "공부를 좀 더 하고 오다가 친구들과 라면을 먹고 오느라 늦었어요. 앞으로 공부를 더하고 올 테니 기다리지 마세요"라고 했어.

나는 공부에 열심인 아들이 너무도 기특하고 기뻤지.

"그래 힘들지? 열심히 하는구나. 내년까지만 고생하면 네가 원하는 대학에 들어갈 수 있지 않겠어. 너무 무리하지 말고 일찍 자거라."

"네에…"

그러나 아들은 나에게 했던 말과는 달리 공부보다는 게임에 빠져들고 있었어.

2학년1학기 성적표가 우편으로 집에 도착했지. 아들의 성적은 형편없이 떨어져 있었어. 나는 아들의 신변에 무슨 일이 생겼다는 것을 깨닫고 아들의 행동에 세심한 주의를 기울였지.

다음날 밤 자율학습이 시작될 무렵에 나는 학교로 가보았어. 공부하는 학생들 사이로 아들의 모습을 찾았지만 보이지 않았어. 친구들에게 물으니 평소 자율학습에 잘 참석하지 않는다는 거야. 같은 반 친구 중 하나가 PC방에 있을지 모른다고 귀띔해 주면서 아들이 학교에서 컴퓨터게임의 최고수라고 했어. 순간 나는 충격을 받았어.

무거운 발걸음으로 집에 돌아온 나는 아들이 오기만을 기다렸지. 그날도 예외 없이 아들은 밤늦게 돌아왔어. 그런 아들에게 오늘 학교에서 들었던 이야기를 했지. 아들은 당황하면서 "아버지를 속여서 죄송합니다. 게임을 중단하고 열심히 공부하겠습니다"라고 하여 나는 아들을 믿었어.

하지만 아들의 다짐은 그리 오래가지 않았어. 방학 보충수업과 자율학습을 번번이 빼먹고 게임을 하기 일쑤였어. 나는 아들에게 "앞으로도 계속 이렇게 할 거냐?" 하고 타이르듯 말하자 "걱정 마세요. 이제 공부 열심히 할 거예요"라고 하더군.

나는 아들의 말을 다시 한 번 믿기로 했어. 하지만 아무런 소용이 없었지. 이제는 학원에 다닌다는 핑계를 대면서까지 게임에 빠졌어. 학습 보충을 위해 학원에 나간다는데 하지 말라고도 할 수 없었고 일일이 따라다니면서 확인할 수도 없는 노릇이었지. 심지어 일요일에도 학원에 특강이 있다고 하여 가보면 학원의 문은 잠겨 있었지. 그동안 학원에 간다는 핑계로 PC방에 가서 게임을 한 거야.

게임중독은 계속되었어. 급기야 아들은 자신의 방에 있는 컴퓨터 바탕화면에다 스타크래프트를 깔아놓고 원격으로 상대방과 늦은 밤까지 게임에 몰두하는 거야. 나중에는 잠을 자는 꿈결에서도 허공에다 두 손으로 컴퓨터 자판을 두드리며 게임을 하는 흉내를 냈어.

고등학교 3학년이 되었어. 아무리 꾸중을 하고 달래도 보았지만 계속 게임에 빠져들었어. 아들은 3학년이 다가도록 게임을 끊지 못하고 게임 대회에까지 출전했어. 나는 대회 출전 사실을 고등학교 졸업 후에야 알았지.

수능시험을 보았는데 성적이 형편없었어. 아들이 원하는 대학을 갈 수 있기는커녕 4년제 대학에조차 갈 수 없는 성적이었어. 나는 아들을 불러 "나는 내 아들이 어느 대학 다닌다는 과시 대상이 되어서는 안 된다고 생각해. 아버지는 괜찮으니 게임학과가 있는 전문대학에 진학하는 게 어때?" 하고 말하자 "아닙니다, 아버지. 게임은 단지 취미예요. 재수해서 원하는 대학에 갈 거예요" 하고 말하더라.

아들은 재수를 시작했어. 하지만 여전히 컴퓨터게임에 정신이 팔려 학원 수업을 빼먹기가 일쑤였어. 또다시 수능시험을 보았지만 작년과 비슷한 성적일 수밖에 없었지.

아버지인 내 강권에 할 수 없이 성적에 맞춰 마음에도 없는 대학에 입학했어. 아들은 대학에 진학해서도 컴퓨터게임을 멀리하지 못했어. 매월 게임 잡지까지 사서 분석을 했고 신종 게임 프로그램까지 섭렵했지.

대학 1학년 1학기 성적표가 집으로 날아왔는데 형편없는 성적이었어. 몇 과목은 아예 학점조차 취득하지 못했더군.

아들은 군대에 입대하기로 마음먹고 군에 입대하면서 나에게 "아버지, 군에서 강인한 정신력을 기르고 오겠습니다. 대학은 자퇴했습니다. 군대를 마치고 열심히 공부해서 꼭 원하는 대학에 입학하겠습니다" 하고 말하더라. 그때 대학에 휴학계를 내지 않고 자퇴한 사실을 알았어. 나는 아무런 탓을 하지 않고 "알았다. 인생에서 몇 년 늦게 시작한다고 해도 결코 늦은 것은 아니야. 첫 단추를 어떻게 끼우는가 하는 것이 제일 중요하지. 너를 믿으니 열심히 군복무를 마치기 바란다"라고 격려의 말을 건네기는 했지만 마음은 무거웠어.

아들이 훈련을 마치고 편지를 부쳐 왔어.

'부모님, 군대에 입대하니 따스한 가정이 그리워집니다. 같은 내무반에는 좋은 대학에 다니다가 온 선임자들이 많이 있습니다. 그들을 보니 내가 왜 공부를 열심히 하지 않았는지 후회가 되고… 공부가 제일 쉬운 일이라는 생각이 듭니다.'

아들은 입대 100일이 되는 날 휴가를 나와서 영어책과 수학책을 챙겨 귀대했어. 그 후 가족들과 함께 군대로 면회를 가서 "공부가 좀 되느냐?"고 물어보니 "공부를 해야겠다는 마음은 앞서지만 군대에서 공부는 안 된다"고 말했어. 나는 "군대에 있을 때 공부하지 말고 군복무에 열심히 해라"고 했지.

아들이 제대를 앞두고 마지막 휴가를 나와서 나에게 "이번에 제대하고 나면 공부 열심히 할 거예요"라고 했어. 제대한 아들은 자신이 각오한대로 열심히 공부에 몰두했어. 나는 "편한 마음으로 최선을 다해라. 네가 이른 나이에 시행착오를 겪었는데 정말 다행이야. 그게 앞으로의 네 인생에 큰 보약이 될 거야" 하고 격려해 주었지.

하지만 또다시 2년이나 더 걸려서 원하는 대학에 겨우 입학했어. 대학에 다니는 동안에도 가끔씩 방문을 잠가놓고 컴퓨터게임을 하는 것 같았어. 때로는 밤을 꼬박 새우면서까지 말이야. 졸업 후에 원하는 직장에 취직하여 열심히 사회생활하고 있어.

대학 졸업까지 병역을 치른 기간을 빼더라도 정상적인 경우보다 4년이 늦은 거지만 그래도 정말 다행이야.

내가 이렇게 쉽게 말하는 것 같아도 게임에 중독된 아들 때문에 겪은 고통은 참으로 컸어. '게임중독만 아니었더라면 훨씬 빨리 사회생활을 할 수 있었을 텐데' 하는 아쉬움이 있어.

너는 이런 시행착오를 겪지 마. 만약 게임에 중독되어 네 자신의 각오로 게임중독에서 벗어날 수 없겠다는 판단이 서면 부모님께 말씀 드려서 상담을 받거나 병원에 가 봐.

게임에 미칠 것이 아니라 네 꿈에 미쳐야 해. 그러면 네가 간절히 원하는 의미 있는 일을 할 수가 있어. 이 말을 상기해.

'Boys be ambitious.'

반성하고, 사죄하고, 용서해라

▶학교폭력으로 투신자살한 중학생 유서◀

2011년 12월, 같은 반 학생들의 협박과 폭행을 견디다 못해 아파트에서 투신하여 자살한 학생이 남기고 간 유서이다.

    제가 그동안 말을 못했지만, 매일 라면이 없어지고, 먹을 게 없어지고, 갖가지가 없어진 이유가 있어요. 제 친구들이라고 했는데 ○○○하고 ○○○이라는 애들이 매일 우리 집에 와서 절 괴롭혔어요. 매일 라면을 먹거나 가져가고 쌀국수나, 용가리, 만두, 스프, 과자, 커피, 견과류, 치즈 같은 걸 매일 먹거나 가져갔어요.

3월 중순에 ○○○라는 애가 같이 게임을 키우자고 했는데 협박을 하더라구요. 그래서 제가 그때부터 매일 컴퓨터를 많이 하게 된 거예요. 그리고 그 게임에 쓴다고 제 통장의 돈까지 가져갔고, 매일 돈을 달라고 했어요. 그래서 제 등수는 떨어지고, 2학기 때쯤 제가 일하면서 돈을 벌었어요. (그 친구들이) 계속 돈을 달라고 해서 엄마한테 매일 돈을 달라고 했어요. 날이 갈수록 더 심해지고 담배도 피우게 하고 오만 심부름과 숙제를 시키고, 빵지까지 써줬어요.

게다가 매일 우리 집에 와서 때리고 나중에는 ○○○이라는 애하고 같이 저를 괴롭혔어요. 키우라는 양은 더 늘고, 때리는 양도 늘고, 수업시간에는 공부하지 말고, 시험문제 다 찍고, 돈 벌라 하고, 물로 고문하고, 모욕을 하고, 단소로 때리고, 우리 가족을 욕하고, 문제집을 공부 못하도록 다 가져가고, 학교에서도 몰래 때리고, 온갖 심부름과 숙제를 시키는 등 그런 짓을 했어요.

12월에 들어서 자살하자고 몇 번이나 결심을 했는데 그때마다 엄마, 아빠가 생각나서 저를 막았어요. 그런데 날이 갈수록 심해지자 저도 정말 미치겠어요. 또 밀레 옷을 사라고 해서 자기가 가져가고, 매일 나는 그 녀석들 때문에 엄마한테 돈 달라하고, 화내고, 매일 게임하고, 공부 안하고, 말도 안 듣고 뭘 사달라는 등 계속 불효만 했어요. 전 너무 무서웠고 한편으로는 엄마에게 너무 죄송했어요. 하지만 내가 사는 유일한 이유는 우리 가족이었기에 쉽게 죽지는 못했어요. 시간이 지날수록 제 몸은 성치 않아서 매일 피곤했고, 상처도 잘 낫지 않고, 병도 잘 낫지 않았어요. 또 요즘 들어 엄마한테 전화해서 언제 오냐는 전화를 했을 거예요. 그 녀석들이 저한테 시켜서 엄마가 언제 오냐고 물은 다음 오시기 전에 나갔어요.

저, 진짜 죄송해요. 물론 이 방법이 가장 불효이기도 하지만 제가 이대로 계속 살아있으면 오히려 살면서 더 불효를 끼칠 것 같아요. 남한테 말하려고 했지만 협박을 했어요. 자세한 이야기는 내일쯤에 ○○○이나 ○○○이란 애들이 자세하게 설명해줄 거예요.

오늘은 12월 19일, 그 녀석들은 저에게 라디오를 들게 해서 무릎을 꿇리고 벌을 세웠어요. 그리고 5시 20분쯤 그 녀석들은 저를 피아노 의자에 엎드려놓고 손을 봉쇄한 다음 무차별적으로 저를 구타했어요. 또 제 몸에 칼등을 새기려고 했을 때 실패하자 제 오른쪽 팔에 불을 붙이려고 했어요. 그리고 할머니 칠순잔치 사진을 보고 우리 가족들을 욕했어요. 저는 참아보려 했는데 그럴 수가 없었어요. 걔들이 나가고 난 뒤, 저는 제 자신이 비통했어요. 사실 알고 보면 매일 화내시지만 마음씨 착한 우리 아빠, 나에게 베푸는 건 아낌도 없는 우리 엄마, 나에게 잘 대해주는 우리 형을 둔 저는 정말 운이 좋은 거예요.

제가 일찍 철들지만 않았어도 저는 아마 여기 없었을 거예요. 매일 장난기 심하게 하고 철이 안든 척 했지만, 속으로는 무엇보다 우리 가족을 사랑했어요. 아마 제가 하는 일은 엄청 큰 불효인지도 몰라요. 집에 먹을 게 없어졌거나 게임을 너무 많이 한다고 혼내실 때, 부모님을 원망하기보단 그 녀석들에게 당하고 살며 효도도 한 번도 안한 제가 너무 얄밉고 원망스러웠어요. 제 이야기는 다 끝이 났네요. 그리고 마지막 부탁인데, 그 녀석들은 저희 집 도어키 번호를 알고 있어요. 우리 집 도어키 번호 좀 바꿔주세요. 저는 먼저 가서 100년이든 1000년이든 저희 가족을 기다릴게요.

12월 19일 전 엄마한테 무지하게 혼났어요. 저로서는 억울했지만 엄마를 원망하지는 않았어요. 그리고 그 녀석들은 그날 짜증난다며 제 영어자습서를 찢고 3학년 때 수업하지 말라고 ○○○은 한문, ○○○는 수학책을 가져갔어요. 그리고 그날 제 라디오 선을 뽑아 제 목에 묶고 끌고 다니면서 떨어진 부스러기를 주워 먹으라 하였고, 5시 20분쯤부터는 아까 한 이야기와 똑같아요.

저는 정말 엄마한테 죄송해서 자살도 하지 않았어요. 어제(12월 19일) 혼날 때의 엄마의 모습은 절 혼내고 계셨지만 속으로는 저를 걱정하시더라고요. 저는 그냥 부모님한테나 선생님, 경찰 등에게 도움을 구하려 했지만, 개들의 보복이 너무 두려웠어요. 대부분의 학교친구들은 저에게 잘 대해줬어요. 예를 들면 ○○○, ○○○, ○

○○, ○○○, ○○○, ○○○, ○○○, ○○○, ○○○, ○○○, ○○○, ○○○, ○○○, ○○○, ○○○, ○○○ 등 솔직히 거의 모두가 저에게 잘해줬다고 해도 과언은 아니에요. 저는 매일매일 가족들 몰래 제 몸의 수많은 멍들을 보면서 한탄했어요.

항상 저를 아껴주시고 가끔 저에게 용돈도 주시는 아빠, 고맙습니다.

매일 제가 불효를 했지만 웃으면서 넘어가 주시고, 저를 너무나 잘 생각해주시는 엄마, 사랑합니다.

항상 그 녀석들이 먹을 걸 다 먹어도 나를 용서해주고, 나에게 잘해주던 우리 형, 고마워.

그리고 항상 나에게 잘 대해주던 내 친구들, 고마워.

또 학교에서 잘하는 게 없던 저를 잘 격려해주시는 선생님들, 감사합니다.

＊저희 집 도어키 번호를 바꿔주세요. 걔들이 알고 있어서 또 문 열고 저희 집에 들어올지도 몰라요.

모두들 안녕히 계세요.

아빠, 매일 공부 안 하고 화만 내는 제가 걱정되셨죠? 죄송해요.

엄마, 친구 데려온답시고 먹을 걸 먹게 해준 제가 바보스러웠죠?
죄송해요.

형. 매일 내가 얄밉게 굴고 짜증나게 했지? 미안해.

하지만, 내가 그런 이유는 제가 그러고 싶어서 그런 게 아니란 걸
앞에서 밝혔으니 전 이제 여한이 없어요.

저는 원래 제가 진실을 말해서 우리 가족들과 행복하게 사는 게
꿈이었지만 제가 진실을 말해서 억울함과 우리 가족 간의 오해와
다툼이 없어진 대신, 제 인생 아니 제 모든 것들을 포기했네요.

더 이상 가족들을 못 본다는 생각에 슬프지만 저는 오히려 그간
의 오해가 다 풀려서 후련하기도 해요. 우리 가족들, 제가 이제 앞
으로 없어도 제 걱정 없이 앞으로 잘 살아가기를 빌게요.

저의 가족들이 행복하다면 저도 분명 행복할 거예요. 걱정하거
나 슬퍼하지 마세요. 언젠가 우리는 한 곳에서 다시 만날 거예요.
아마도 저는 좋은 곳은 못갈 거 같지만 우리 가족들은 꼭 좋은 곳
을 갔으면 좋겠네요.

매일 남몰래 울고 제가 한 짓도 아닌데 억울하게 꾸중을 듣고 매
일 맞던 시절을 끝내는 대신 가족들을 볼 수가 없다는 생각에 벌
써부터 눈물이 앞을 가리네요. 그리고 제가 없다고 해서 슬퍼하시

거나 저처럼 죽지 마세요. 저의 가족들이 슬프다면 저도 분명히 슬
플 거예요. 부디 제가 없어도 행복하길 빌게요.

- 우리 가족을 너무나 사랑하는 막내 ○○○ 올림-

P.S. 부모님께 한 번도 진지하게 사랑한다는 말 못 전했지만 지금
전할게요.
엄마, 아빠 사랑해요!!!!

사명감

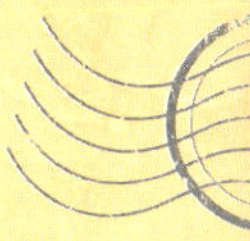

선생님, 학교폭력으로 투신자살한 학생의 유서를 읽은 느낌이 어떠세요? 한 생명이, 바로 선생님이 가르치고 있는 학생 또래의 한 학생이 같은 반 학생의 폭력을 견디다 못해 스스로 목숨을 끊은 현실을 어떻게 받아들이세요? 이런 상황을 보고 자괴감이 들지 않으세요? 책임감을 느끼세요?

교육제도의 문제, 폭력물에 의한 노출, 가정과 학교의 붕괴 등 사회현상 탓으로 돌리고 있지는 않습니까?

유서의 학생 부모가 모두 교사라고 하더군요. 자식을 잃은 슬픔과 함께 교사로서 자기 자식이 학교폭력에 시달리고 있었음에도 이를 방지하지 못한 자괴감이 오죽하겠습니까?

만약 선생님의 자녀가 학교폭력의 가해 학생이거나 피해 학생이라면 어떻게 하시겠습니까?

이 사건은 학교 내에서 벌어지는 왕따와 폭력이 얼마나 잔인하게 벌어지고 있는가를 단적으로 보여주고 있습니다.

폭력에 의한 사적 심부름도 횡행하고 있다고 하더군요. 빵을 사오라고 강요당하는 피해자를 일컫는 '빵셔틀'이라는 은어도 몇 년 전에 생겼는데 빵셔틀은 컴퓨터게임에 등장하는 수송비행선의 이름과 빵을 조합한 신조어라고 하군요. 심지어 돈을 가져오라고 강요하는 '돈셔틀', 가방을 들어주는 '가방셔틀', 숙제를 해주는 '숙제셔틀', 안마를 해주는 '안마셔틀'도 있다고 하니 기가 찰 노릇입니다.

학교폭력이 이렇게까지 심각하고 잔인한 줄 몰랐습니다. 한숨과 함께 분노가 치밀어 오르는군요. 누구를 향한 것인지 알고 계실 것입니다.

선생님, 학교폭력에 대한 대처를 위해서는 무엇보다도 피해 학생이 선생님과 상의할 수 있는 분위기 조성이 절대적으로 필요합니다. 선생님과 상의하지 못하는 분위기속에서 피해 학생은 외로움과 소외를 더욱 느끼면서 삶의 의욕을 상실하는 상태에 이르게 되는 것이지요.

그런 노력을 기울이지 않아 학생 따로 선생님 따로 분위기를 만든 일차적인 책임은 선생님에게 있다고 생각하지 않습니까?

군대에서는 부하들이 엄청난 잘못을 저지르면 지휘관은 책임을 지고 전역해야 합니다. 청운의 꿈을 품고 수십 년 동안 군 생활을 했다고 하더라도 자신의 잘못이 아니라 부하의 잘못 때문에 하루

아침에 군복을 벗어야 하는 상황이 있는 것을 알고 계시지요?

저는 교사의 세계에서도 마찬가지여야 한다고 생각합니다. 상상할 수 없는 학교폭력에 의한 자살 사건 등 엄청난 사건에 대하여는 솜방망이식의 징계가 아니라 해당 학교장과 교사는 교단을 떠나야 한다고 보는데 선생님의 생각은 어떻습니까?

신문 기사를 보았습니다. 중학생 학부모가 학교에서 담임교사를 만났더니 "성적 좀 신경 쓰셔야겠어요. 학원은 보내시나요?"라는 말을 듣고 당혹스러웠다는 내용입니다.

그 후 자신의 아이와 친구들을 살펴보니 학교에서 공부를 열심히 시키지도 않고, 생활지도나 인성을 발달시키는 활동도 활발하지 않더라는 겁니다. 학생들도 특목고 진학을 준비하는 학생들 정도가 열심히 공부하는 것 같고, 많은 학생들이 친구들과 컴퓨터게임을 하며 시간을 보내고 있더라는 겁니다.

지금 '선생님'이라는 직업에 대하여 사명감을 가지고 있습니까? 선생님이란 직업은 일반 생활인들이 갖는 직업과는 다릅니다. 선생님은 한 학생의 인생을 책임지고 있을 뿐만 아니라, 대한민국을 이끌어나갈 미래 인재를 양성하는 주역입니다.

그런 분이 사명감 없이 '일반 직업인'이라고 여기고 행동하고 있다면 스스로 부끄러워하면서 교단을 떠나세요. 그리고 학생들로부터 존경을 받고 있지 못하다는 판단이 들고 앞으로 존경을 받을 수 있도록 노력하겠다는 각오를 하지 않고 있다면 교단을 떠나 다른 직업을 가지세요.

요즈음 교사되기가 얼마나 힘든지를 잘 알고 있을 것입니다. 신지식으로 무장한 사명감 넘친 인재들이 교사가 되기 위해 불철주야 노력하고 있습니다. 사명감이 없거나 존경을 받지 못한다면 차라리 이런 인재들에게 자리를 비켜주세요.

요즈음 시중에는 "부부가 둘 다 교사로 있는 것이 삶의 질에 있어서 최고다"라는 말이 있습니다. 그 이유는 소위 말해 정년이 보장되는 '철밥통'에다가 급여도 넉넉하고 방학이 있어서 함께 여행도 할 수 있고, 퇴직 후에는 연금도 받으면서 노후생활을 보낼 수 있으니 직장으로서는 최고의 직장이라고 하는 것이겠지요.

선생님도 그렇게 생각하세요?

'어떻게 하면 학생들에게 보다 나은 지식을 전달할 수 있을까' '어떻게 하면 학생들이 보다 나은 인성을 갖도록 지도할까?' '어떻게 하면 학생들로부터 존경을 받을 수 있을까?' 이런 생각에 골몰하면서 연구하고 솔선수범을 해야 하지 않을까요?

그런데 이렇게 하기는커녕 교사라는 직업에 안주하면서 제대로 된 연구나 의미 있는 고민도 하지 않고 오래된 강의 노트를 앵무새처럼 반복하면서 생활을 즐기는 자세를 취하는 풍토가 만연하다면 이는 대한민국의 미래를 짊어질 인재 양성의 측면에서 심각한 상황입니다.

'교실붕괴'라는 말이 나온지 이미 오래되었고, 학교폭력으로 자살이 끊임없는 상황에서 이제는 선생님들 중에서 '양심선언'이라도 나와야 할 판입니다. 자신이 선생님으로서의 마음가짐과 행동을 반성하고 스스로 교단을 물러나면서 양심선언을 하고 교단에 '자정'을 촉구하는 분이 왜 한 분도 나오지 않는지 안타깝고 궁금합니다.

중학시절은 인생에서 가장 중요한 시기입니다. 이 시기에는 학생들의 학력 증진뿐만 아니라 꿈을 심어주고 미래에 대한 희망과 다양한 비전을 제시해줘야 하지 않겠습니까? 그럼에도 중학교가 '대학입시라는 전투를 위한 훈련소'로 전락되어 있는 상황에서 공부에 뒤처진 학생은 아예 학교생활에 흥미를 잃게 마련이지요.

선생님, 교실이 잠자는 학생들로 가득한 것이 현실이라고 하는데 실상이 그렇습니까?

중학시절이 '대학입시를 위한 사전 준비 기간'으로 머문다면 이는 학생 개인뿐만 아니라 대한민국의 미래를 위해서도 바람직한 일이 아닙니다.

　나라를 이끌어나갈 미래의 인재가 되기 위한 기초가 중학시절에 놓여야 합니다. 중학시절이 꿈과 잠재력을 키워주는 시기여야지 방황과 단절의 시기로 전락되어서는 안 됩니다. 인성과 창의력 발달에 더없이 중요한 청소년기에 있는 많은 중학생들이 일탈과 좌절, 창의성 상실을 겪게 해서는 안 됩니다. 만약 선생님이 제대로 역할을 하지 못해 미래의 인재들이 꽃을 피우지 못한다면 이 얼마나 안타까운 일입니까?

　저는 무엇보다도 학생 자신과 선생님의 역할이 제일 중요하다고 생각합니다.

　제 아내도 고등학교 교사를 지냈기에 나는 선생님들의 입장을 어느 정도 이해하고 있습니다. 물론 이런 문제를 선생님의 노력이나 역할만으로 고칠 수는 없겠지요. 교실 붕괴, 왕따, 학교폭력은 교육제도, 사회 문제 등 여러 가지 복합적인 요인이 있겠지요. 하지만 이를 치유할 수 있는 기대는 선생님입니다. 어떤 제도보다도 직접 학생들을 가르치는 선생님의 역할이 가장 중요한 것 아니겠습니까?

　헬렌 켈러를 헌신적으로 가르친 셜리번 선생님이 생각나는군요.

무엇보다도 헬렌 켈러 자신의 마음가짐과 노력이 중요했겠지만 셜리번 선생님의 헌신이 없었다면 위대한 헬렌 켈러가 존재할 있었겠습니까?

"명장 밑에 약졸 없다"는 말이 있듯이 선생님의 솔선수범과 헌신이 학생들을 감동시킬 수 있을 것입니다. 물론 아무리 열심히 해도 문제아는 있기 마련이겠지만 선생님의 헌신에 따라 방황하는 제자를 한 명이라도 더 구원하여 광명으로 인도할 수 있다면 그것이 선생님으로서 얼마나 큰 보람이겠습니까?

선생님! 학교폭력에 대처하기 위한 최소한의 조치로 피해 학생이 신고할 수 있는 분위기는 꼭 만들어주세요. 비록 힘든 여건이겠지만 사명감을 가지고 방황하고 힘들어 하는 제자들을 사랑으로 토닥토닥 보듬어 주시고 격려해 주셔서 나라의 동량(棟梁)으로 성장시켜 주세요.

무관심

자살한 학생의 유서를 보고 어떤 느낌이세요? 만약 자신이 가해 학생의 부모라면, 반대로 자살한 학생의 부모라면 심정이 어떻겠습니까? 미리 막을 수도 있었다는 생각이 들지 않으세요? 부모의 역할을 어떻게 해야겠다는 각오라도 생깁니까?

가해 학생의 부모는 "내 아이가 지은 죄가 너무 큽니다. 내 아이를 내가 왜 몰랐는지 평소 아이를 제대로 살펴보지 못했던 것이 뼈저리게 후회됩니다"라고 했습니다. 죄를 저질러 한창 나이의 자식이 철창 속에 갇혔으니 그 마음이야 오죽하겠습니까?

자살한 학생의 부모도 마찬가지로 '애가 이렇게 될 동안 나는 이때까지 무엇을 했는가?'라는 생각에 큰 죄책감에 시달리고 있다고 합니다. 자식이 수개월에 걸쳐서 자살할 정도로 괴로움을 당했는데도 이를 모르고 있었으니 얼마나 후회가 되겠습니까?

가해 학생 부모나 피해 학생 부모 모두 자식에게 무슨 일들이 일어나고 있는지에 대하여 관심을 기울이지 못했던 것을 뒤늦게 후회하고 있는 것이지요. 아마도 평생 동안 두고두고 이 후회는 가슴에 맺혀있을 것입니다.

가해 학생들의 가정은 평범한 중산층이며 자살한 학생의 부모는 부부 교사라고 하더군요. 이런 일이 일어날 줄은 사전에 전혀 몰랐다고 하니, 무관심의 차원에서 생각할 점이 많은 것 같군요.

자녀가 겪는 일에 대하여 함께 고민하는 분위기를 평소에 가졌더라면 '이런 일이 발생하지 않을 수도 있었는데' 하는 안타까운 마음과 함께 자신의 자녀들에게 보다 더한 관심을 기울여야겠다는 각오가 들지 않으세요?

미국에서는 미성년 자녀들에 의해 이런 사건이 일어났을 경우에 부모에 대하여 엄중한 책임을 묻는다고 하는군요. 가해 학생 부모는 엄청난 금액의 손해배상을 해야 하는데 어지간한 재산이 있어도 완전히 거덜이 날 정도로 배상을 해야 한다고 하는데 우리나라도 이런 제도를 도입해야 할 판입니다.

그래야 부모가 평소 자녀에게 각별한 관심을 가질 것이고, 자녀도 자신의 잘못된 행동으로 자칫하면 집안이 경제적으로 망할 수 있다는 우려 때문에 비행을 저지르는 것을 자제하겠지요.

학비 대주고 밥 해 주는 것으로 부모의 역할을 다하고 있다고 생각하세요?

직장을 핑계로, 자아를 찾는다는 핑계로 괜히 쓸데없는 일에 바쁘면서 자녀에게는 무관심하지 않으세요?

학원에 보내는 것으로 자녀에 대한 관심을 다하고 있다고 생각하지 않으세요? 이는 어쩌면 자녀에게 관심을 기울여주지 못하는 데 대한 자기 위안이며 자기 합리화인 경우가 많더군요.

지금 대부분의 가정에서 아버지도 바쁘고 어머니도 바쁩니다. 그러니 자녀들에 대한 관심을 가질 시간이 절대적으로 부족할 수밖에 없는 것이지요. 쓸데없는 '자아 찾기' 행동을 줄이시고 자녀에게 보다 더한 관심을 보이세요. 지금 왜 그렇게 바쁜지 곰곰이 생각해 보세요. 무슨 생각이 드십니까? 행여나 마음에 찔리는 것이라도 있지 않습니까?

자식은 부모의 관심을 먹으면서 성장합니다. 중학시절 부모의 따뜻한 관심과 사랑이 자녀의 인생에 결정적인 영향을 미칠 수 있습니다. 중학시절은 신체적으로 정신적으로 많은 변화를 겪는 청소년기입니다. 사춘기인 이 시기를 잘 보내지 않으면 인생에 커다란 생채기를 내게 되지요. 부모의 역할이 어느 때보다 중요한 시기입니다.

제가 직장 생활을 하던 초창기에는 여성이 결혼을 하면 공무원이나 전문직을 제외하고 일반 직장에서는 무조건 퇴직을 해야 했습니다. 그 이유는 애 낳고 육아에 전념해야 하는 사회 풍토 때문이었지요. 하지만 여성들의 사회 진출이 늘면서 이제는 맞벌이 부부가 대세로 자리 잡았습니다.

물론 저는 여성들의 사회 활동을 적극적으로 지지하고 있습니다. 제 아내도 결혼 후 학교 교사를 거쳐 지금도 사회생활을 하고 있습니다만 자녀들의 교육 문제나 자녀들과의 대화는 아무래도 부족했던 것 같습니다. 그러니 대화 부재, 소통 부재가 생길 수밖에요.

나도 자식을 키웠습니다만 자식 키우는 일이 어디 쉽고 마음대로 됩니까? 자녀는 화초와 같아서 어떻게 돌보느냐에 따라 꽃을 피울 수도 있고 피우지 못할 수 있는 것이지요. 예외가 있기도 합니다만 대개 부모가 얼마나 관심과 정성을 기울이느냐에 따라 자녀의 인생이 결정된다고 생각하지 않으세요?

자녀에게 "부모가 밖에서 열심히 돈 벌어서 뒷바라지해주는데 가만히 앉아서 공부하는 것이 뭐가 힘드냐? 중학생에게 웬 스트레스냐?" 하고 윽박지르지는 않습니까?

만약 그런 행동을 하거나 생각이 든다면 자신의 과거 중학시절을 떠올려 보세요. 과연 공부가 즐겁고 쉬웠는지 말입니다.

공부란 원래 특별한 사람을 제외하고는 하기 싫고 힘든 것임을 인정하면서 자녀를 대해야 합니다. 그러니 공부해라고 닦달하지 마세요. 때로는 그냥 푹 쉬라고 하세요. 그러면 오히려 공부를 더 열심히 할 것입니다.

자녀의 능력에 대해 과대포장하지 말고 냉정한 판단을 해야 할 것 같더군요. 그래야 자녀의 능력에 맞는 기대를 하게 되고 자녀는 부담을 갖지 않고 중학시절을 보낼 수 있을 것입니다.

제 경험상 자식이 중학시절에 대화하는 관행이 형성되지 않으면 그 후에는 대화나 소통이 잘 이루어지지 않더군요. 여행이나 외식도 마찬가지입니다. 중학시절이 지나면 아예 함께 하려 하지 않습니다. 물론 고등학교 시절에는 대학입시 준비에 바빠 그럴 틈도 없지요.

나중에 아무리 하려고 해도 자식이 중학시절에 머물러 주지 않습니다. 그러니 중학시절에 자녀와 함께 하는 관행을 형성해야 할 것 같더군요. 이런 면에서 나는 바쁘다는 핑계로 대화를 소홀히 하고 이제는 훌쩍 커버린 자식들을 보면서 많은 후회와 반성을 하고 있습니다.

가정교육에서 가장 신경 써야 할 부분은 자녀들과의 대화인 것 같더군요. 대화가 이루어지지 않으면 부모와 자녀 사이에 소통이 되지 않습니다. 그러면 자녀들은 부모와의 대화를 기피하게 되고 고민이 있더라도 상의하지 않고 외로움에 휩싸이고 방황하게 되는 것이지요.

대화는 일단 자녀의 말을 잘 듣고 인정하는 것에서 출발해야 할 것 같습니다. 그래야 자녀는 자신의 고민을 털어놓고 상급학교 진학이나 전공, 장래 희망 등 인생의 중요한 일을 부모와 대화를 통해 풀어나가겠지요.

자녀를 자신의 입장이나 판단에 의해서 함부로 대해서는 안 될 것 같더군요. 자녀와 의견이 다를 수 있고 자신의 생각이 틀릴 수 있다는 것도 전제해야 합니다. '명령형'이 아닌 '설득형' 말투를 써야 합니다. 그래야 자녀가 수동적이 되지 않고 자신의 주장을 자유롭고 자신감 있게 펼칠 수 있겠지요.

자녀에게 자긍심을 불어넣어 주어야 합니다. 그래야 자녀는 자신을 사랑하면서 매사에 당당하게 임할 수 있겠지요. 부모로부터 인정을 받지 못하는데 거기에서 어떤 에너지가 나올 수 있겠습니까?

자녀의 능력과 재능을 칭찬하고 격려해야 합니다. 칭찬에 인색하지 말아야 합니다. 사람은 누구나 칭찬받고 싶어 하지만 부모로부터 받는 칭찬은 부모의 기대에 부응했다는 생각이 들면서 커다란

동기부여가 되지요.

　무엇보다도 부모가 솔선수범해야 합니다. 자식에게 공부하고 책을 읽어라 하기 전에 평소에 집에서 신문도 보고 책 읽는 모습을 자식에게 보이는 것이 백 마디 말보다 더한 설득력이 있는 것 아니겠습니까?

　세상에 자식이 잘 되기를 바라지 않는 부모가 어디 있겠습니까? 부모는 자식이 건강하게 성장하면서 행복한 삶을 누리기를 원하는 것 아니겠습니까?

　부모는 자식 교육을 변화시키는 주인공이자 최고의 스승임을 자임하고 자녀를 훌륭하게 키우세요.

　내가 이렇게 말하는 것을 충고로 여기지 마세요. 내 자신이 자식에게 모범적으로 잘해서가 아니라 '이렇게 했더라면' 하는 아쉬움과 함께 이미 성년이 되어 사회생활을 하고 있는 자식들에 대한 미안함에서 우러난 것으로 이해하고 봐주세요.

사죄

작년 말 TV에서 방영한 〈기적의 하모니〉라는 프로그램을 봤어. 김천 소년교도소 재소자로 구성된 합창단의 공연 과정을 그리고 있었지. 그 재소자들은 모두 너와 비슷한 또래의 청소년들이었어.

가수 이승철의 지도 아래 합창 연습을 하는 과정과 공연 장면이 나오는데 그 과정보다는 소년교도소의 생활 모습과 재소자인 청소년들이 후회의 눈물을 흘리는 장면이 훨씬 많았어.

나는 그 장면을 보면서 한창 꿈을 펼치기 위해 노력해야 할 시기에 철창 속에 갇혀 있는 모습에 연민과 안타까움을 느꼈어. 그들이 무슨 죄를 지었는지는 정확히는 모르겠지만 너와 같은 종류의 범죄를 저지른 수감생도 있었지.

하지만 한 달 뒤 네가 저지른 폭력을 견디다 못해 자살한 급우의 유서를 보니 이런 연민의 정이 확 가시더구나. 그렇지만 죄는 미워도 사람은 미워하지 말아야겠다는 생각과 함께 학교폭력을 없애는 데 조그마한 도움이 되고자 이 편지를 쓴다.

아마도 너는 소년교도소에 수감되어 있겠지? 답답하고 힘들다고? 너 때문에 스스로 목숨을 끊은 급우를 생각해 봐. 사건 당시의 신문기사를 보니 네가 경찰에서 수사를 받으면서 "장난삼아 시작한 일인데 이렇게 될 줄 몰랐다"고 되어있는데 그렇게 말한 게 사실이야?

뭐 장난이라고? 아직도 그렇게 생각해? 한두 번도 아니고 수개월에 걸쳐 상상을 초월하는 수법으로 급우를 학대해 놓고 말이야. 입장을 바꿔 놓고 생각해 봐. 네가 한 행동처럼 네가 당했다고 생각해 봐, 어떻겠어?

너는 친구, 아니 급우를 '인간 리모컨'처럼 조종하면서 협박하고 폭력을 가했어. 이를 견디다 못한 급우는 스스로 목숨을 끊었어. 친구란 표현을 쓰고 싶지 않아. 그냥 급우란 표현을 쓰기로 하지.

너는 급우 휴대전화에 하루 최대 50건의 문자메시지를 날리며 시시때때로 협박했지?

온라인게임 레벨을 올리기 위해 급우의 잠자는 시간까지 체크하며 게임을 대신 하도록 했지? '잠자지마, 게임해' '자고 싶으면 빨리 해라. 못 잔다' '지금 가서 샤워하고 잠 깨라. 그리고 바로 겜' '잘 테니까 게임할 때 집 전화로 내 폰에 전화하고 5초 뒤에 끊고 잘 때는 폰으로 5초 전화하고 끊어' 등의 메시지를 보내며 게임을 시켰어. 그래도 급우가 말을 잘 듣지 않았는지 새벽 2시가 넘은 시각에 '○○아. 디질래?' 하며 문자메시지를 보냈어.

이처럼 너의 강요에 못이긴 급우는 너를 알고부터 목숨을 끊기까지의 290일 중에서 218일 동안 845차례에 걸쳐 온라인게임에 접속했더군. 이는 하루 평균 네 차례 꼴이야.

숙제를 대신하게도 했지? '디질래? 내 숙제 대신 해' '청소 그만하고 방에 가서 빨리 (내 숙제) 15장 써라' '(내 숙제) 안 하면 내일 50분 맞지 뭐' '1분 안에 두 가지 중에서 정해라. 50분 맞을래 15장 쓸래? 다른 답 할 때마다 5분씩 맞는다' 등 너희들의 은어인 '숙제 셔틀'을 시켰어.

돈과 옷 등을 갈취했지? '빈폴 바람막이 사라고' 등의 메시지를 보내며 값비싼 옷을 가져오라고 강요했고, '살고 싶으면 용돈 갖고 와' '일하고 돈 받으라니까 똥파리 새끼야' '어제 많이 했으니까 용돈 주세요. 이렇게' 등 급우가 어머니에게 돈을 받는 방식까지 지시했어.

수시로 협박했지? '5대 추가. 닥치고 해라는 대로 해라고 요즘 안 맞아서 영 맛이 갔네' '문자 답 늦을 때마다 2대 추가' '그냥 해라 미친 것. 살고 싶으면 해라'고 했고 '지금 내 기록 다 삭제하고 전체

잠금으로 비번 걸어 놔라' '기록 다 삭제' 등의 문자로 흔적을 없애려고도 했어.

목검, 단소, 격투기용 글러브로 상습적으로 폭행하여 죽은 급우의 신체 곳곳에서 멍 자국이 발견됐지. 그리고 죽은 급우의 유서 내용을 보면 담배 피우라고 강요하고 물고문과 줄을 목에 걸고 끌고 다니면서 과자 부스러기를 주워 먹으라고 했고, 피아노 의자에 엎드리게 해놓고 몸에 칼로 상처를 내려하다가 실패하자 팔에 불을 붙이려고 하는 등과 같은 상상조차 할 수 없는 행동을 저질렀어.

이런 충격적인 가혹행위와 폭행으로 이를 견디다 못한 급우는 자신이 살고 있는 아파트 7층 베란다에서 투신하여 목숨을 끊었어. 이건 조폭보다 더한 거야. 성인도 흉내조차 낼 수 없는 흉악한 범죄 행위야. 이렇게 용서받을 수 없는 범죄를 저질러놓고 용서해주기를 바란다면 이건 인간의 도리가 아니지.

너는 소년교도소에서 후회와 반성을 하면서 사죄의 눈물을 흘리고 있니? 행여나 소년교도소에서 생활하는 것이 힘들어서, 범죄자가 된 자신의 인생이 걱정이 되어서 눈물을 흘리는 것은 아니겠지? 물론 그럴 수도 있겠지만, 사죄의 눈물을 흘리는 것이 급선무야.

네 자신을 위해서도 바람직한 거야. 마음을 맑게 해야 해. 그렇지 않으면 앞으로 남은 네 인생은 범죄자라는 굴레에서 벗어날 수가 없어. 그러려면 진정한 마음으로 용서를 빌어야 해.

하늘나라로 먼저 간 급우에게 용서와 명복을 비는 간절한 기도를 해. 만약 마음에서 우러나는 사죄와 죽은 급우에 대한 용서를 비는 기도를 수시로 하지 않는다면 너는 용서받을 수 없을 것이고 용서 받아서도 안 돼.

급우의 부모님에게 반성과 용서를 비는 편지를 자주 보내. 네 부모님도 너 때문에 얼마나 많은 정신적인 고통을 겪고 있겠어? 부모님을 위로하고 앞으로의 각오를 수시로 전해.

이 모든 것은 진정한 사죄여야지 가식적으로 해서는 절대로 안 돼. 마음속 깊이, 뼛속 깊은 곳에서 우러나온 진정한 사죄가 아니면 하지 마.

나는 네가 진정한 사죄를 하기 원한다면 이 기회에 학교폭력 근절의 전도사가 되었으면 해. 물론 어떤 제약이 따를지는 모르겠는데 소년교도소에 말해서 후회와 반성과 사죄하는 내용의 동영상을 찍어서 전국에 방송할 수 있도록 하고, 교육 자료로 활용하게 하면 어떨까?

너는 괜찮다고 해도 자식의 장래를 생각하는 네 부모님이 어떻게 생각할지 모르겠는데 얼굴은 알아볼 수 없도록 처리하면 되겠지.

이것이 가능하지 않다면 글을 써서 교육청에 보내 발표할 수 있도록 하는 방법도 한 방법인 것 같아. 하늘나라로 먼저 간 급우가 남긴 유서가 학교폭력의 현실을 적나라하게 보여주었듯이 당사자인 네 글이 학교폭력 근절에 보탬이 되었으면 해.

다시 말하지만 이렇게 하는 것이 진정한 사죄에서 나와야지, 동정이나 형기 단축을 기대해서 가식적으로 하면 절대로 안 돼.

나는 네가 진정한 사죄의 바탕 위에서 다시 새롭게 태어나기를 바라. 그것이 네 자신을 위해서도, 자식을 소년교도소에 보내놓고 탄식의 눈물을 흘리고 있을 네 부모님을 안심시키고 위로하는 일도 될 거야. 네가 진정한 사죄와 용서를 구한다면 너에게 이런 말을 들려주고 싶구나.

"인생에는 누구나 다 시련이 있어. 남보다 일찍 이런 시련을 겪는다고 생각하고 참고 견뎌. 지금 생활하고 있는 소년교도소를 수련장으로 생각하고 성실한 자세로 생활 해. 깊은 후회와 반성과 사죄를 하면서 죗값을 치르고 나와서 죽은 급우의 몫까지 열심히 살아가길 바란다. 힘내!"

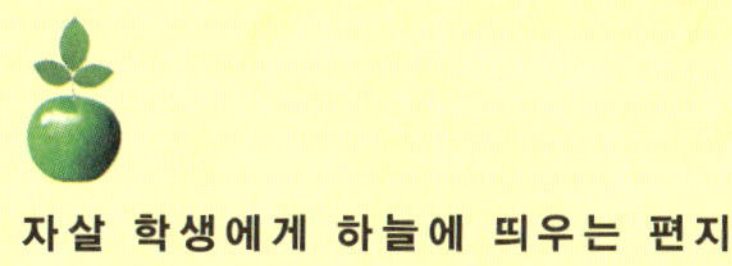

용서

왜 그랬어? 정말 왜 그렇게 꽃다운 나이에 스스로 목숨을 끊었어? 얼마나 자존심이 상했으면…. 아마도 육체적으로 아픈 것 때문이 아니라 자아 존중감이 망가지고 분노로 얼룩진 네 마음이 너를 자살로 이끈 것 같구나.

그렇게 오랜 기간 동안 같은 반 친구들, 아니 원수들로부터 협박과 폭행을 당한 네 괴로움을 받아들이고 해결해 줄 곳이 그렇게도 없었니? 어디로 숨을 곳도, 피할 곳도, 상의할 곳도 없는 너는 얼마나 힘들었니?

잘못했어! 잘못했어! 이 지경에 이르도록 의지할 곳 하나 없게 만든 이 사회와 어른들이 너무 잘못했어.

이제부터 너를 괴롭힌 원수를 급우로 표현하면서 하늘나라에 있는 너에게 이 편지를 쓴다.

너는 왜 그렇게 착한 바보냐? 그냥 당할 정도로 말이야. 왜 그렇게 당하고만 있었어? 야구 방망이를 가지고 휘둘러 버리기라도 하지. 자살할 정도로 괴로웠다면 자살하는 용기로 너를 괴롭힌 급우들을 야구 방망이로 뒤에서 내려칠 수 있었을 텐데 말이야. 부모인 내 입장이라면 차라리 그렇게 해서 내 자식이 교도소에 가더라도 살아있기를 바랄 거야.

아마도 그렇게 했다면 급우는 겁에 질려 다시는 너를 괴롭히지 못했을 거야. 그렇게 할 수 없었으면 주위에라도 알렸어야지. 그렇게 당하면서도 왜 안 알렸어? 보복이 두려웠다고? 무슨 보복이 두려워? 너를 괴롭힌 급우들이 조폭 형이 있다고 해서 그랬어?

부모님도 다 선생님이고, 형도 격투기를 배우고 있고, 선생님도 있고, 경찰도 있는데 말이야. 네가 도움을 요청했으면 현명하게 대처했을 것이고 이와 같은 불행한 일이 발생하지 않았을 거야.

네 어머니가 너나 너를 괴롭힌 급우와 또래인 중학생을 가르치는 선생님이더구나. 어머니는 슬픈 가운데도 의연하게 대처하셨어. 네 죽음을 계기로 학교폭력을 근절시키고자 용기를 가지고 네 유서를 공개했더구나.

유서 내용이 정말 충격적이야. 있을 수도 없고, 있어서도 안 되는 일이었어. 스스로 목숨을 끊으면서 절절하게 전하려고 했던 학교폭력 근절을 바라는 네 간절한 메시지가 헛되지 않았으면 해.

그런데 계속해서 학교폭력에 의한 투신자살이 일어나고 있어. 네가 하늘나라도 떠난 후에 또다시 학교폭력을 견디다 못해 네 선배 뻘 되는 고등학생이 투신자살했는데 자살하기 전에 엘리베이터에 앉아서 우는 장면이 CCTV에 찍혔더라. 나는 이 장면을 TV에서 보고 눈물이 나더구나.

이런 일이 계속 벌어지는 것은 정말 안타깝고 걱정되는 일이야. 다시는 학교폭력으로 너와 같은 꽃다운 나이에 스스로 목숨을 끊는 일이 발생해서는 안 돼.

유서에는 괴롭힘을 당한 아픈 기록과 함께 가족에 대한 사랑과 미안함이 절절히 배어있더구나. 마지막 순간까지 가족들이 보복 당할까봐 집 대문 키 번호까지 바꾸라는 세심한 배려까지 했어.

너는 죽음을 결심하고 어머니 휴대폰에 입력되어 있던 네 핸드폰 번호를 직접 지웠다고 하더라. 아마도 네 죽음을 가족들이 빨리 잊어주길 바라는 마음에서 지웠겠지.

네 어머니께서도 "엄마가 미안해. 네가 그렇게 아픈지도 몰랐고…. 엄마가 너를 못 지켜준 거, 엄마 가슴이 너무 미어져. 하늘나라 가서 안 아프고 안 무섭고 행복하게 지내기를 바라. 나중에 우리 가족 다 만나서 다시 행복하게 살자. 사랑해"라고 말씀하셨더구나.

네 부모님과 형은 서로 의지하면서 힘든 상황을 잘 견디고 이겨

낼 거야. 이제는 네가 하늘나라에서 학교폭력으로 스스로 목숨을 끊은 친구들과 서로 의지하면서 편안하게 지내야 해.

네가 하늘나라로 떠나자마자 네 어머니는 매일 아침 네 영정을 보며 너를 괴롭힌 급우를 용서하는 마음을 가질 수 있도록 기도를 한다고 하더구나. 몇 달이 지난 지금에 네 어머니 마음이 어떻게 되었는지, 어떻게 하셨는지 궁금하구나.

하늘나라에 있는 너에게 '용서'라는 단어를 꺼내는 것이 어떨지 모르겠어.

용서는 쉬운 일이 아니야. 원한에 맺힌 이를 용서한다는 것은 말처럼 쉬운 일이 아니야. 너를 죽음에 이르게 만든 급우가 살아가는 모습을 상상하는 것만으로도 복수의 감정이 앞설 거야. 그래도 용서하도록 노력해 봐.

하늘나라에서 급우의 진정한 용서를 구하는 기도를 듣는다면 용서하는 게 좋아. 하지만 하늘나라에서 지켜보고 있는 너에게 진정한 반성과 사죄를 하지 않는다면 무거운 벌을 내리도록 해. 어쩌면 죽음보다 더한 괴로움을 말이야.

용서하지 않으면 너를 가해한 급우는 '죄'의 무거운 짐을, 너는 하늘나라에서 '복수'의 무거운 짐을 지게 될 거야. 어쩌면 용서는

너 자신을 위해서 하라는 거야. 용서하지 않으면 분노를 되새김질
하게 되고, 복수심에 불타면서 자신의 노예가 되는 거야.

　용서는 두 사람 모두에게 무거운 짐을 내려놓게 하고 자유롭게
할 거야. 그래야 네가 하늘나라에서 편안한 마음으로 지낼 수 있지
않겠어?

　진정으로 사과한다면 용서하고 잊어. 학교폭력이 없는 하늘나라
에서 편안한 마음으로 행복하게 지내길 바란다.

피 끓는 중학생이여!

피 끓는 중학생이여! 왜 방황하고 우울한가? 그대가 우울하면 자신과 가정과 나라가 우울해진다. 현실적인 장애물이 놓여있다고 하더라도 너의 기상으로 돌파하라. 무엇이 두렵고 무엇이 힘겨우냐? 방황과 단절의 질풍노도를 끝내고, 꿈의 실현에 질풍노도로 달려들어라.

꿈! 가슴깊이 품고 있는 꿈! 이것이야말로 무한한 가능성을 열어젖히는 것이다. 그대에게 크고 작은 꿈이 있기에 용감하게 맞서고 노력하면서 살아가는 것이다. 꿈이 없다면 무엇이 그대를 이끌어가랴? 네 꿈에 미쳐라!

인생을 원대하게 보아라. 그대 앞에는 인생에서 꽃이 피고 새가 지저귀는 아름다운 봄날이 기다리고 있다. 그대의 꿈과 희망에 불꽃을 당기고 지펴져서 가슴이 뜨겁게 뛰어야 한다. 그대의 꿈이 아름답고 소담스러운 열매를 맺어 그대의 인생을 풍부하게 하라.

피 끓는 중학생이여! 지금 꿈을 품고 열정을 불태우지 않으면 언제 그렇게 하겠느냐? 마음의 깊은 샘에서 우러나온 신선한 정신을 내품어라. 두려움을 물리치는 용기를 발휘하라. 강인한 의지로 힘겨움을 극복하라. 모험심으로 안이함을 물리쳐라. 꿈을 실현하기 위해 열정을 불태워라. 풍부한 상상력으로 미래를 창조하라. 꿈과 희망을 펼치면서 힘차게 약동하라.

윤문원

쫄지마 중학생